丙中洛的眼泪

一位支教志愿者与「香格里拉」的纯美恋歌

黄哲　那森◎著

九州出版社 JIUZHOUPRESS | 全国百佳图书出版单位

图书在版编目（CIP）数据

丙中洛的眼泪 / 黄哲，那森著. -- 北京 ：九州出版社，2014.9
ISBN 978-7-5108-3302-1

Ⅰ. ①丙… Ⅱ. ①黄… ②那… Ⅲ. ①长篇小说—中国—当代 Ⅳ. ①I247.5

中国版本图书馆CIP数据核字(2014)第233031号

丙中洛的眼泪

作　　者	黄哲　那森　著
出版发行	九州出版社
出 版 人	黄宪华
地　　址	北京市西城区阜外大街甲 35 号（100037）
发行电话	(010)68992190/3/5/6
网　　址	www.jiuzhoupress.com
电子信箱	jiuzhou@jiuzhoupress.com
印　　刷	三河市九洲财鑫印刷有限公司
开　　本	710 毫米 ×1000 毫米　16 开
印　　张	16
字　　数	180 千字
版　　次	2015 年 1 月第 1 版
印　　次	2015 年 1 月第 1 次印刷
书　　号	ISBN 978-7-5108-3302-1
定　　价	32.80 元

推荐序

最后的“香格里拉”

京东集团创始人、CEO　刘强东

在初秋的晨光中翻开《丙中洛的眼泪》，随即被其中质朴感人的故事深深吸引。作者黄哲想通过自身亲力亲为的支教行动以及文学创作，唤起公众对云南贫困山区以及其他不发达地区基础教育的关注。显然，他的认真努力比较有成效，至少是让我反思了一番“何谓公益”。不过，我更愿意把这本书当作一面镜子，透过理想与现实的博弈，从中可以正视欲望，考察个性，试探出自身对生活的真实态度。

这几年来，京东在全体同仁的孜孜努力下不断成长壮大，在做好企业的同时，我们也时刻不忘对公益事业的投入与关注。透过这个故事，也让我们对今后的公益投入有了更深层次的思考：随着京东事业的逐步发展，从公司到我个人还需加强对更多各类公益项目亲力亲为的积极参与。在我看来，公益事业不简单是走过场，拿点儿钱出来作秀。偶尔的捐款捐物虽值得表扬，但更切实而长久的关怀才是关键。

就本书而言，公益不应是旅游途中的爱心泛滥，支教也不应是假期短暂的停留和作秀，孩子们需要的是严谨的教学体系，而不是一批又一批的爱心过客。所以，小说中的女主人公褚遥才会带给广大读者由衷的触动，她只身一人来到滇西高原，为“孩子们早日走出大山”的承诺无怨无悔地奉献着，在简朴简陋、雨灾频频、断水断电的艰苦环境中，笑容却依然如一米阳光般灿烂，这种弘扬正能量的公益故事，值得我们向全社会推广传播。

褚遥和男主人公韩逍的相知相恋，过程一如童话般美好，结局又似悲剧般催泪——初见相喜，小有波澜，终成眷属，天人永隔。其实故事中的爱情也如同一棵植根于现实的树，它庞大的根须遍布生活的每个角落。有人因付出而幸福，有人因偏执而迷路，有人因理性而坐享其成，有人因珍惜而义无反顾。而我所向往的爱情想必也是如此：在一起的时候不必惊天动地，不用海誓山盟，如春风化雨，润物无声。是的，我希望有个如你一般的人，透着山间溪水般的清爽，有着清晨日光般的柔和。

詹姆斯·希尔顿曾在小说中把“香格里拉”演绎成一个梦幻般的世外桃源，是一切美好理想的归宿。虽然中甸县已被云南省命名为香格里拉县，但也有不少专家们提出异议，认为位于怒江峡谷最北端的丙中洛才是符合其中描述的真正的“香格里拉”——也就是本书主人公所在的支教地区。作者用自己的热情丈量了这里的山山水水，更目睹了怒族、傈僳族、独龙族、藏族等多个民族、多种信仰的和睦相处。这一程的独特体验，既是年轻人率真与不羁的体现，更有对自然和生命的独到理解。此处的“香格里拉”，显然具有了“最后的精神家园”功能。

在这个物欲潮让信仰摇摇欲坠的小时代，不可能依靠一本暖意融融的小说唤醒大众对公益的满腔热情支持，但至少，我们可以借此思考某些现实的困扰，为自己找寻一个有价值有意义的位置。“无论肥沃抑或贫瘠，耕耘以同样的深情。你若唤作成长，我的爱，就有了名字”，我以为褚遥的这段发言，是整部作品的灵魂。

推荐语

这个发生在彩云之南梦幻边陲的凄美励志爱情故事，真实、深刻地映现出现代青年对梦想的追求和纯真感情的渴望，满满的正能量，值得推荐！

——著名演员　张丰毅

读罢内心有种洗涤过后的清澈，小说的字里行间跳动着真挚的情感与奉献的热忱，这是喧嚣都市最稀缺的元素。愿有爱的人们都能够为公益付出一份自己的心力。

——著名女演员　刘涛

在我看来，《丙中洛的眼泪》绝不是一部仅供轻松阅读的小说，而是一段奉献与坚守的公益旅程，是一曲纯美与痴狂的爱情挽歌，是一幅风景与风情交织的绚烂画卷，是当今社会诸多真善美的集成。

——香港导演　叶伟民

如果年轻人只顾着吐槽身边的烦恼、疼痛与阴暗，即便是阳光和鲜花如约出现，只怕也感觉不到其中的美好；如果我们像书中的褚遥和韩逍那样一心向上，一心向善，自然会收获内心的强大与愉悦——也就是正能量。

——著名作家　胡赳赳

关爱、信念、坚持，不由得想起了让人热泪盈眶的《酥油》。如果说江觉迟是麦麦草原的幸运星，那黄哲就是丙中洛雾里村的守望者。正是亲历了这样的生活，才能把故事写得如此感人。

——著名诗人 大仙

丙中洛，是一个多民族文化的宝库，是如音乐一般美丽妖娆的地方；可这里却有教育困难、生活贫穷的现实；正是主人公褚遥这样的人给了孩子们希望和未来；我为书中传达的精神力量，以及那美轮美奂的傈僳民歌点赞。

——音乐人 子曰秋野

感谢现实中的黄哲与小说中的褚遥，以无与伦比的勇气去实践了自己的信念——有行动谁都了不起！也正是这种真实的记录与真诚的付出，让我们相信爱心具有改变世界的力量。

——刘征荣（云南省贡山县宣传部副部长）

一位公益修行者与文学的握手，一个感动心灵的故事；推荐给年轻的读者，希望更多人能从中体会到行走之外的诉说，在路上学会“与生活和解”。

——猜火车 老贺

乐空不二，悲智双运；处于大都市的纷纷扰扰，大多渴望在路上的身心感悟，我们都需要一个出口，一条路，令慈悲与智慧合一，定慧双修。曾经一部《转山》给了人们一个绵延于滇藏之路的梦想；而本书的故事则又是一次梦想照进现实的见证，让我们看到希望，不再甘于庸碌无为地慢慢死在生活里。

——北京聚敞现代艺术中心执行董事 大漠（刘军）

目 录

目录

引　子

云南，丙中洛，雾里村。

在韩逍梦里无数次浮现的地方。

深秋与初冬的交汇，田野里没有了农作物，绚烂的景致也已经渐渐褪去颜色。这个如梦境一般美丽的山谷，不同时节会呈现出不同颜色，满坡的绿，满坡的粉，满坡的黄，满坡的白……

或许是众神眷顾的原因，咆哮的怒江在这里转了一个弯后，水流忽然变得温顺委婉。此处的安静与美好用任何语言来描述都显得苍白无力，哪怕是最出色的摄影作品，也不过是无声无息的二维画面，远远不足以表达雾里村的恬然。

怒族人的木屋，像是在满坡丝绒毯上错落有致地摆放了几块积木。建屋用的原料就是碧罗雪山上的松木和怒江里的鹅卵石。

清澈的山泉穿村而过。溪边水车推动的磨坊昼夜不息，时而汩汩，时而涔涔。这里的原住居民都还过着刀耕火种、男耕女织的原生态生活。

每日早晨，村子上空便升起炊烟袅袅，雾气腾腾，仿佛与世隔绝的天堂。

褚遥在这里已经安顿下来，挨家挨户的劝学走访也即将结束，马上就能正式上课了。

距离韩逍挥别丙中洛，算来有些日子了，扎姆朵儿和她之间的嫌隙也早已烟消云散。扎姆朵儿是那般的单纯率真，她虽然满心喜欢韩逍，却更不想姐姐失望。

褚遥离开傈僳族的寨子来到这里，也是努力了很久的结果，她一直都在按照自己梦想的目标艰难前行。要知道，雾里村的孩子们小小年纪就要穿过险峻的栈道，去大山外面求学，一路上实在是危险重重步步惊心。于是，褚遥自告奋勇承担起这边的支教工作。

开学这天，天刚蒙蒙亮，隐在薄雾中的山村便显得不同以往地喧闹起来。错落在山坡上的木楼陆陆续续升起炊烟，与房檐上的雾气相融，分不清彼此。贪睡的家禽也被忙碌的家长和孩子惊醒，鸣叫声构成此起彼伏的协奏曲。

褚遥有意起了个大早，可她刚走出小木屋，便看到村民将自家准备的饭菜用浅竹筐搁在了门边，显然还不止一份。这一刻，她心里是暖融融的，嘴角扬起了微笑，眼泪却差点掉下来。始终相信，生命中隐藏的爱和希望会因为某个细小的感动而被点燃，只要那星星之火还存在，就可以帮她鼓足勇气，即便在最绝望的境地里，也不会迷途，更不会放弃。

吃过早饭。新校舍里已经站满了阿婆阿伯和年龄各异的孩子，甚至连老村长也亲自到场。孩子们纷纷穿上了比平时整洁的衣裤，眼神里透着无限的好奇和捉摸不定的紧张。退在屋子一侧的阿婆阿伯们，满脸期待地望着身材单薄、模样纯净的褚遥，看着她前前后后给孩子们安排座位，连说带加手势地跟一口怒族普通话的老村长交谈。还有两三个窜来窜去的男孩子一刻也不肯安分下来，一边在写着“好好学习，天天向上”的土墙下嬉闹，还一边偷偷地瞟着新来的女老师。

好不容易把局面控制住，褚遥这才正式站在讲台前。但最棘手的问题又来了，想顺利上课就必须先解决跟孩子们的语言交流问题，总不能老村长时刻充当翻译吧。她不会说怒族话，而孩子们又多半不大会讲普通话，只能粗略地听懂一些。可以想象，这样的一堂课会是什么情形！

褚遥想了想，拿起粉笔在简陋的黑板上画了一只狐狸，是的，她要给孩子们讲一讲《小王子》的故事。在浮躁的社会里，大家往往觉得纯真该像乳牙一样，随着年龄的增长逐渐脱落与丢弃，却忽略了纯真恰恰是“成熟”最该保留的姿态。她当然不希望孩子们将来变成小王子眼中“很奇怪”的角色，于是画风很卡通，嗓音也愈发清澈…… 虽然第一批来上课的学生年龄大小不一，有几个还在外面的村寨上过一阵子基础课，但他们都听得津津有味，就连刚才那几个调皮捣蛋鬼也不由自主地端坐起来。

课间休息，孩子们又恢复到原来的欢呼雀跃，而褚遥依着木质的门廊，笑意盈盈地看着他们，心里已经放下了刚刚课堂上的忐忑不安，甚至升起无限的满足感。

雾里村是褚遥的第二个支教点，在丙中洛这样的地方，生活条件注定可以概括为“艰苦”二字。尽管缺乏物质世界中的甜美享受，但这里的村民，却轻而易举地拥有了许多都市人都难以追求的内心平和与愉悦。

这座简易的学堂，是在几个月前由村里各家的男女老少出义工刚搭建起来的，所用的木材还是贡山县的老县长亲自化缘，费尽周折才协调来的。细心的老村长特意组织大家给这位不要报酬、义务支教的年轻姑娘盖了一间宿舍。说是宿舍，其实也不过是教室后面七拼八凑的小小木屋而已——但这已经可以算作村里的高档房间了。木匠师傅还煞费苦心地给褚遥打了一套纯松木家具——薄薄的单人床、窄窄的写字台和矮矮的小书柜。这对于从来不用家具的村民来说，已经充分体现出对老师的重视和尊敬。有了这些，褚遥就能安心地给村子里的十几个适龄儿童上课，教孩子们认识这个世界，进而记住家乡的美好。

这些年来，对于支教这项工作，褚遥变得比以往更笃定了。对于生活，她也不再去怀疑童话里的圆满——那些故事可以帮助人们找到回归内心童真的路径，找回对美好事物的敏感和呼应，让前行的步伐因此强健，信心坚定。只要自己愿意坚持一路行走并心怀期盼，哭累了的天空，照样会泛起一道明媚的彩虹。

北京，望京，某商业写字楼。

陆俊麟老总统揽大权之后，新任的日本首席代表也很快来到了中国。韩道如同赶鸭子上架一般，里里外外奔波应酬了两个多星期，直到项目利益链上的一干人等都满意地抹去嘴上的油，笑津津地点头退场了，他才终于从五颜六色各种浓度的酒精中解脱出来。

工作再次恢复到原来的清风徐来水波不兴的状态。尤其是现在，所有事情似乎都不用他费心费力，只要按陆俊麟的意思照办就一路顺风顺水。同事们也渐渐知晓他与这位合伙人的关系非比寻常，就连新来的首席代表腾川都有意无意退让他三分。

可越是如此，韩道越感觉自己在公司做事有种说不出的拧巴。更何况，陆俊麟毫不避讳地交予的任务，很多都是违背良心的做法，这让他愈加感觉惴惴不安。在他看来，二十岁活的是人才，三十岁活的是人品，四十岁活的是人脉，到五十岁时，大概活的就是人性了。知识与技能的积累固然重要，但德行与品格的完善才是决定成败的关键，切不可为贪一时名利失了分寸原则。

有一次，他无意间听到某些关于前任领导的小道消息，才知道原来是遭遇设计陷害才引咎回国的。新来的首席代表因为有前车之鉴，所以才凡事都异常小心谨慎。

他回去把这件事告诉了佳娴，想提醒她江湖险恶，尤其是身为合作方的陈林生品格不太靠谱。可没想到，已经恢复“女王”风范的佳娴对此表现得十分不屑一顾。她还劝诫韩道应该把事情转换一个角度去看待，生意场一贯如此，不择手段才是收获成功的捷径，如果计谋又省钱又省力，事半功倍，何乐而不为呢？

韩道听到此番慷慨陈词，不觉内心一阵痉挛，他抬眼望着对面这个聪明干练的女人，这个与自己同床共枕的女人，再想想她的那番话，真切感觉到他们之间的距离已经变得如此遥远。

他与佳娴再没有过多的交流，更无从判断佳娴的表达，哪些是发自肺腑，哪些又是情势所迫，妖言惑众和真情流露显然没了差别。

不管你有多么真诚，遇到怀疑你的人，你就是谎言；不管你有多么单纯，遇到复杂的人，你就是有心计；不管你有多么的天真，遇到现实的人，你分明就是笑话！内心失落的韩道慢慢走近了死胡同。他无法改变佳娴的务实与强势，对自己的处境更是困惑重重无可奈何。他不喜欢这样，不喜欢一切都在佳娴父女的掌握之中。可他又该如何跳脱这提线木偶般的日子呢？

他开始麻木不仁地整天热衷于酒局、牌局、k 歌和泡吧——当然，这最后一种大多是与他一党的那几个老爷们的小聚，他充其量也就是在佳娴眨巴眼的空闲里做个逢场作戏的傻子。

多想找个机会痛痛快快地骂一场，或者喝个昏天黑地，壮起怂胆把该说的一吐为快，把该毁的毁绝了。遗憾的，类似冲动每每都以不了了之收场。

上次旅行到云南的丙中洛，他整个人像丢了三魂六魄一般。他不敢承认，自己是在默默地思念着某个人，甚至觉得自己没有资格去思念。

能用语言表达出的爱恨离愁往往是轻浅的，那些刺上心头的破碎与愁苦，别人也无从体会，更替代不了，只有自己舔舐伤口，等它结痂，看它复原。当那一层表面的疤痕愈合时，别人便会忽略遗落在深处的隐痛。可自己是清楚的，它已流向心间，流入血液，弥散全身，乃至开花结果。想来应该是一枝幽暗的绿萝吧，顺着生锈的心事滋长攀爬，不知不觉已在似水流年中，根深蒂固！

有天晚上，郁闷之极的韩逍从公司下了班，一个人去喝闷酒。

老爷们儿神侃的微信群里，一帮人都开始没边没沿地瞎聊。韩逍在里面发了条语音，说自己在某酒吧，谁有空可以过来。

结果，压根没人理他这茬儿。

酒穿肠，人寂寞。韩逍百无聊赖地自斟自饮，无人倾诉。不由地想念起远在天边的褚遥。

他的手机里存着一张在独龙江“神田”为她拍下的照片，那也是他唯一一张没有给任何人看过的摄影作品。

上次去云南，他拍回了很多精彩的照片发在网上，被那帮狐朋狗友以艺术之名，“恬不知耻”地分享给了若干圈子，但这一张，他小心翼翼地存在了手机里，从未外露过。

他一手扶着酒杯，一手拿着手机，醉眼惺忪地低头望着里面那一张熟悉又遥远的笑脸，雏菊的清丽与芬芳恍如隔世。看着看着，竟不知不觉心酸如雨。

褚遥，这个让人过目难忘的清纯女孩，此时正在做些什么？

上次离开前的简单拥抱，至今还让他心旷神怡。可那时他开口未讲出的话，如今看来是那么可笑又可耻。

他默默咽下涌上胸口的酸楚，指尖温柔地轻轻触摸着屏幕上的脸颊，整颗心慢慢湮没在思念的汪洋。

又给自己倒了一杯酒，仰头一口灌下。韩逍再也抑制不住内心的想法，他从手机的通讯录中翻出褚遥的号码，颤巍巍地输入了三个字：“还好吗？”并按下发送键。

随后，他放下手机，心头顿感如释重负。

出乎韩逍的预料，褚遥的信息马上回了过来：“一如既往。你怎么样？”

“我？咳，牙好胃口就好，吃嘛嘛香，我自己都纳闷儿，日子怎么可以过得这么滋润呢？林徽因怎么说得来着，你若……”韩逍故意装出轻松的口吻。

“你若安好，便是晴天！”

“对，对，对！若是安不好，就加倍赔偿！”

“哈哈，贫嘴！”

“再穷不能穷了嘴巴，我这也是响应国家号召。”

“浪费可耻呀，想想山里的孩子们！”

“必须想啊！”韩逍还想再加一行“尤其是你”，可犹豫再三，还是忍痛作罢。

“村长昨天还谈起你，说有空的话常过来看看，就怕你们太忙了！”

忙？忙个虚与委蛇蝇营狗苟的大头鬼吗？韩逍心底的幽怨一下升腾起来，真想立刻打电话过去，把这前前后后的不堪跟她一吐为快。可转念一想，为何要向纤尘不染的世界里传染绝望？思忖片刻，回复了一句“一定去，我想大约会是在冬季。”

“讨厌！还在批作业，不聊了！”

韩逍望着屏幕不禁忧从中来，真的好想再多说几句啊。手机像是接到感应一样，知趣地响了一声：“感谢你们如此热心，公益捐助毕竟不是那么容易的事，别让自己太辛苦。”果然是褚遥。

“请党和人民等我胜利的消息吧！”

韩逍又想起临别前，褚遥曾忧心忡忡地说起，孩子们连吃的穿的都是紧紧巴巴，更别说课本、文具什么的了……每天看着他们在这样简陋的校舍里上课，真的让人心疼，要是到了冬天可怎么办？

“谢。晚安。这些小脑袋瓜啊，连出错都这么别出心裁，以后说给你听。”

“要注重学生语文基础知识的培养，比如按学期开展朗读和书法练习！”

“你不是保证给每年回来给孩子上课嘛？”

“我保证！来，拉钩！”韩逍本来还想问问扎姆朵儿，是不是那天的行为会对她有些坏影响，但话到嘴边又噎了回去，他隐约感觉这份关心有些多余。

从那晚开始，韩道感觉生活又突然变得五彩斑斓起来。

他开始搜寻跟资助贫困山区孩子上学相关的公益组织，也找机会游说自己能接触到的一些企业主、商人，希望可以通过募捐善款来帮忙解决孩子们上学的种种困难，冷眼虽多，收获却也不少。

这些日子里，他与褚遥的信息往来越来越频繁，除了探讨一些支教和公益的话题，还会各自聊起自己身边的趣事；韩道跟她说到身边的那些朋友，褚遥总是带着十足的热情说起她的每一个学生。

这样的短信交流让韩道如瘾上身，恨不得每时每刻都能收到褚遥的回音，哪怕只是一个无法捉摸的搞怪表情也好。他甚至无限渴望跟褚遥聊聊过往，说说童年。

韩道愈加深入地了解褚遥，便愈发不能自已地对她充满倾慕之情。可他只能极力隐藏这份如熊熊火焰般炙烤他内心的爱，他没有理由说出口，也不知道自己有没有资格去说。

然而，他疯魔般公益的热忱都被佳娴看在眼里。起初，她只当作是自己男人工作无聊时的消遣，并没放在心上。可后来敏感的她慢慢发现，韩道对待工作，对待她，对待她父亲的态度变了，变得轻描淡写，心猿意马，不闻不问。

甚至不管吃饭、开车，还是各类应酬，他总是把手机攥在手里，过一会儿就情不自禁地拿起来看看，时不时还露出奇怪的表情，像是在等待什么指令。

尊贵如佳娴，怎么可能放过如此明显的诡异行径，她很快便展开了行动……

Charpter 1

彩云之南，我心的方向

旅行虽然帮助都市人逃离现实的尘嚣，暂且让一切归零，但在更多时候，旅行更像是一场华丽的梦境，唯有生存才是生命的本质。或许，走的路程越远，去的地方越多，就越清楚自己想要的究竟是哪种生活。

故事要从几个月前说起。

如果每一刻的心情会有颜色，向现实妥协一定是蒙着浮尘的脏灰，是岁月无奈的小龌龊，是看似深浓、实则空虚的雾白，是摸不到的、呼吸间躲不掉的霾！

韩道决意离开一段时间，独自旅行前的那一夜，心情大致如此。所以他只在床头留了一张字条：此人已死，有事烧纸！

现在想来，他与佳娴之间仿佛一直在上演“床头吵架床尾和”的狗血闹剧。莫名的争执，霸道的指责，敷衍的道歉，莫非这就是都市人必不可少的情感游戏？要命的司空见惯习以为常！这让他们的生活如同未发酵的面包，主料和营养都在，却少了某样让面包变成美味，并散发着芳香且令人垂涎的东西。

“什么情况？兄弟！”接到韩逍的电话，得知他正在路上玩命追赶他们的许远着实有点惊讶。

“不行了，看你们几个发的照片，哈喇子流了一地，我得过去凑凑，都别忙着赶路，等等我啊！”韩逍故意打岔。

“别逗了嘿！能来啊，你不早就来了？肯定是又跟佳娴闹别扭了吧？”

“少废话！见了面再说，你们到哪了？找个地方等着我，哥们最多两天就追上你们！”韩逍不想听他的老生常谈，厉声制止道。

“得，惹不起您！那什么，我看哈，你过了成都直接走雅安上318吧，就上回咱们说过的那条路线，我们在丹巴会和。”

“列位，擎好吧！”

半个月前韩逍就得知，平时经常一起出来玩儿的许远和飞飞要组队去云南怒江，时间来得及还想沿怒江穿越丙察察线路（怒江丙中洛——察佤龙——西藏察隅县），进藏后兜一圈再回北京。这条路线本就是韩逍一直向往的，要不是因为佳娴不喜欢这种苦行僧式的旅行，早早把今年的假期安排在了海南，他肯定就跟着一起来了，本来就心存老大抱怨，借着这次吵闹，干脆来个一不做二不休。

一路兼程，在丹巴的汇合点，韩逍老远地就看着一辆精致的改装房车停在路边。心中还嘀咕，谁这么烧包？凑近了，才发现飞飞领着女友一脸坏笑地站在房车跟前，不会吧，这混蛋还真的买下了？

“我就说嘛，你不来绝对后悔！”飞飞轻佻地将房车钥匙丢了过来。

“哇塞，这大家伙！英文单词儿夸漂亮怎么说来着，彪的哄！！”

“呸！你才彪呢，你才彪呢！那叫 beautiful 好不？”

“就这么一直开过来的你们？”韩逍又禁不住问了一次，他对这类可移动、具有居家必备的基本设施的车垂涎太久了，想必“生活中旅行，旅行中生活”也是太多都市人的情愫。

“必须地啊！我们出德胜门，走清河，沙河，昌平区，南口，青龙桥，康庄子……”

“拜托，闲言碎语就不要讲了！这会儿地理图，等下就报菜名了！”许远接过话头，“走吧，咱们沿着318，一直到梅里雪山。”

韩逍直奔房车而去，双手还在迷彩裤上搓了几下：“兄弟，我来来这个！”

“过瘾啊！咱这家伙，想停儿哪停哪儿，想吃啥做啥，想怎么睡就怎么睡，宾馆都省……”飞飞絮絮叨叨的声音戛然而止，想必是挨了女友的一记粉拳。

时值秋季，藏地已是浓墨重彩的大美景致。再往前走就是所有驴友称之为进藏路途最险最难、风景最美的一条穿越线！之前，进藏的几条线路韩逍已伙同这二位分别走过，唯独就差这条丙察察线路，由于各种原因，谁都未曾体验。

许远性格豪爽，人缘极佳，上学那会儿就是班里的精神领袖。早年间下海挣了点钱，没啥别的爱好，就是爱玩儿，玩腻了灯红酒绿、歌舞升平，玩转了极限、冒险，他由最初级的旅游爱好者进化到骨灰级的户外玩家也就用了短短几年。这些年酷爱玩越野车，还加入了好几个车友俱乐部，没事就开着改装的霸道越野车，寻个荒山野岭的穿越旅行。

韩逍的业余爱好受许远的影响极大，如今他那些个嗜好基本上也被韩道照单全收了。共同的脾气秉性自然混出一样的朋友圈子，现在韩道经常混在一处的这些朋友基本都是通过许远认识，大浪淘沙一起玩出来的。这群人虽说来自五湖四海、不同行业，但一次次的结伴出游，纵横四海、把酒言欢，都玩儿得相当惬意，他们之间的情谊是打山石里滚出来、江海间翻出来的。

飞飞跟韩道同龄，属于典型的高富帅。他在父亲参股的房地产公司挂着闲职，基本不用为工作劳心费神。虽然成天满世界游荡，过得悠闲自在，但性格却不自负，总是一副罡气十足的样子，还是为朋友两肋插刀的主儿。

对于玩，他更专业，更极限、更高端大气上档次。当然也更耗费银子。一年到头不是在瑞士滑雪，就是在菲律宾潜水，抑或又是在尼泊尔登山，爱玩、能玩、会玩是他的标签，如果把许远比作玩境界的“大家”，飞飞绝对称得上是玩花样的全能杂家。

就当几位热情高涨谋划如何征服“丙察察”时，始料未及的状况接踵而至：先是许远的合作伙伴急电，说有批原料出了纰漏，要他火速回去处理；紧接着飞飞女友的妈妈突发胆囊炎住院手术，这两口子注定也没心思继续游览了。于是三人立即订了从香格里拉飞回北京的机票，但韩道却坚持要一个人继续往前走。他不想返程途中再给飞飞他们两口子当灯泡，再者，他也实在不想刚来没多会就回去，面对陆佳娴，面对一言难尽的一切。

怒江，是他们一群死党圈子里以前谁都未曾涉足的一块处女地。

尤其对于韩道来说，更是心仪已久的圣地。

韩道酷爱旅行，却也对眼下的很多游走嗤之以鼻。在这个大数据支持攻略满天飞的小时代，似乎在一夜之间涌出无数旅行达人，喋喋不休地指导我们应该如何在异国他乡吃喝玩乐。他比较赞同《穷爸爸富爸爸》作者罗伯特·清崎的冷静批评："太多人去旅行，其实什么都看不见，只是从一家饭店住进另一家饭店，却以为自己周游了世界。"

也许还受儿时在四川藏区有过支边工作经历的父母遗传，他非常喜欢感受不同少数民族的风土人情，每每到了这些少数民族集散地区，他就有种莫名的兴奋，就像有一股隐形的力量潜伏在体内，一到适宜之处便会怦然觉醒，教唆他浑身上下每一根敏感神经。

见韩逍执意要单车穿越，兄弟们虽很担心他的安全，但见其劲头杠硬，便没多劝阻。在他们看来，如果人生是一本华丽丽的相册，那必须有几张值得玩味的相片摆在上头；任悠悠万事都随着流光飞逝，丢进岁月的垃圾桶里，但经历的美好终会伴随行者一生。许远把自己改装好的越野车留给了韩逍，原本飞飞是想让房车物尽其用的，但考虑到前路未知，只好忍痛割爱。

与许远和飞飞他们三人在德钦县城分手后，韩逍就独自一人驾驶许远的老八零越野车，沿着澜沧江、金沙江、怒江三江并流的方向继续向前挺进。经茨中—维西—兰坪—老窝由北向南，一路而下正是山河起舞、峰峦料峭的地段。

身处其中，好似被深埋于3D立体的绚丽油画中，360度环顾无死角，艳红、暖橘、明黄、鲜绿，层层叠叠，深浅不一地细细渲染，在蓝天白云的帷幕之下，让人感觉忽入幻境一般不太真实。

车轮下就是万丈深渊。雨季刚过，深褐色的江水奔腾汹涌，沿着蜿蜒的河床翻跃低吼。道路崎岖不平，峰回路转，凿山而建。不过，这正是韩逍喜欢的地形。开着越野车穿越山涧公路，玩儿的就是心跳，更何况还有这如临仙境的景色相伴。

车载 CD 循环播放着《彩云之南》，让人忍不住随着哼唱：

“……彩云之南 我心的方向

孔雀飞去 回忆悠长

玉龙雪山 闪耀着银光

秀色丽江 人在路上……”

韩逍故意把音量调到了最大，趁机让窝了好久的心也痛痛快快地放飞，随着甜美的嗓音，飘忽缭绕，缓缓深入群山腹地。

这一刻，正是他想追求的自在逍遥。也只有置身于这种至美、至烈，尤为震撼的景色中才能幡然领悟，自己到底是谁。旅行虽然帮助都市人逃离现实的尘嚣，暂且让一切归零。其实在更多时候，旅行更像是一场华丽的梦境，唯有生活才是生命的本质。或许，走的路程远，去的地方越多，就越清楚自己想要的究竟是哪种生活。

茨中距离德钦大约三个小时车程，这里位于梅里雪山的东麓。韩逍驱车来到这儿不为别的，就为了这里独有的红酒。因为这里的气候特别适宜酿酒葡萄的生长，土法培育的葡萄粒小、糖度低，红酒又是经由多年前来传教的法国神父传承下来的木桶工艺酿造，绝对不输给他们平日在三里屯酒吧喝的任何一种标价高昂的进口红酒。

有此佳酿，韩逍必不会放过。他不但专程绕道去当地的教堂痛饮一番，还买了满满两塑料桶装在后备厢，打算带回北京馋死那帮酒友。

其实，这条绕山公路全程不过六百公里，虽然道路时有塌方和破损严重的渣石路况，颠簸不平，但韩道车速并不慢。

玩了两年的越野车穿越，他对这种复杂路况的驾驶已经相当有把握。从德钦过来，完全是顺着山势走了一个长长的回转路线，先由北往南，再折返由南而北。不过，反正是独行，他随意穿乡越寨，走走停停，又能好好欣赏路上的景色，还可以沿途拍摄，每次见到道边、田间身穿不同民族服饰劳作的村民，他都会停下车，跟对方聊上几句，所以这段路他足足嘎吻了三十多个小时，才在第三天的午后赶到六库。

江对岸炊烟袅袅，少数民族的村寨和梯田错落有致，家外是田，田中有家，恬静而宁适。有一度他甚至觉得，那就该是仙人们居住的地方。

韩道先到六库城区找了家规模大些的汽修厂，把车子做了保养，又仔细检查了一下轮胎和电路。许远的老八零已经跑了三十多万公里，这次进川入藏，着实得花不少气力，加之让他们这几位“不走寻常路”的家伙一路造弄，开起来动静已经越来越大了，后面的路还不晓得会遇上什么考验，这点慎重还是必须要有的。

收拾好车子，韩道便在县城找了家干净能上网的宾馆住下，忙不迭拿出笔记本做起了旅行功课。要是许远或飞飞在，韩道是不用费这个脑子的，现在看来，只有靠自己了。其实人生的每一步都是一次探险，永远不知道等在未来路上的究竟是什么。唯有与那些美丽的风景相逢，心灵的洗礼才算如期而至吧。

即将独自踏上神秘之旅的韩道，并没把接下来的行程规划得太过详细刻板。他默默自许，索性既来之则安之吧！再次在网上看了下怒江各个景区的评论帖子，心里大概对后面几天的行程有了数，便洗澡休息了。

只是往床上一躺，好些该来不该来的心事又一股脑儿涌了上来，搅得他睡意全无。

对韩逍来说，这次自驾川藏，绝对是一次疯狂的举动。不过，这也都拜他那位玉立婷婷的女友所赐——令他夜不能寐、悬而未决的感情。

或者说，他这次冲动之下跑出来，更像是一次情场博弈战的肇事逃逸。

事实上，那件事说起来也不是什么重大变故，无关原则，是非难辨。

韩逍跟陆佳娴已经恋爱两年有余。该冷该热的过程也都经历了，只剩下共同面对未来的坎儿。这种时候彼此都到了不得不认真考虑结果的时期，即使表面上相安无事、假装美好，可内心总会暗暗掂量、坦诚对照——她（他）真的是自己认定的那个人吗?

这个问题，或许对于佳娴来说并不难。可韩逍却有些不敢直视，他很害怕透析自己内心的答案。

这份掺杂了太多复杂因素的爱情，就如抛出去再也收不回的赌注，时间越久越让他无所适从，没处躲藏。

他不喜欢陆佳娴整天像个制造精良的监督仪器一般，除了工作，每天下班去哪儿，干什么，和谁在一起，必须一一报备，不得有半点差池。

韩逍是一匹散养的烈马，永远无法忍受圈养的耻辱。有时候他真感觉已经到了忍无可忍，不能再忍的地步。可当他看到风情袅袅、笑靥可人的佳娴，便无计可施了。

其实，他倒也不是想瞒着佳娴干什么见不得人的勾当，只是很难适应这种被约束被控制的生活，所以时不常打着陪客户的名义，找那帮死党去喝酒。这些自然都瞒不过在他身边早已埋好眼线的佳娴，搞得他每次撒谎都能被戳穿，情况好了是被弄得尴尬狼狈、下不来台，情况坏了两人就为此大吵特吵，非闹翻天才算完。

这一次，就是因为前些天给许远送行，宿醉未归，把佳娴气得半死，又找他大吵一架。佳娴也是自幼被宠惯了，狂怒之下的大小姐，骄横跋扈、口不择言，那脾气要出来只怕是绝大多数男同胞都难以抵挡、消受不起。

韩道每次遭遇她盛气凌人、得理不饶人的样子，就琢磨着如何撒腿就跑。这一次“离家出走”，他甚至连招呼都没打。佳娴赌气回自己家住，他实在提不起脸皮，一而再再而三地因为这种破事儿登门，在未来岳父的眼皮子底下向女王妥协。

等佳娴回来后，打韩道手机已关机，又给许远拨通，叫韩道接电话，韩道还在气头上，当着许远更不想丢面，硬是没接。

许远见如此情形，不知是幸灾乐祸还是故意气人地跟电话那头说：“陆大小姐，您就高抬贵手，把相公借我们使上几天，待我们对他严加管教以后，一定全须全尾儿、一毛不少地给您送回来哈！”说完不由佳娴多嘴便挂了电话，还故意把手机拿到韩道面前，让他眼看着关了机……

我就想自己信马由缰随心所欲地走一趟，难道也是罪过？！

只有人在旅途，才会真正理解何谓世界之大。在地球的不同角落，永远有着与自己截然不同的人物与风景，也总有精彩绝伦的故事发生。假如一辈子只困守在一个地方看日出日落，又是否还有抬头眺望的勇气？比衰老更可怕的，是逐渐失去激情、熄灭热情、弄丢心情，成为人群中面目模糊的一分子吧。

罢了，罢了，何必胡思乱想自寻烦恼？从明天开始，这世界最长、最神秘、最美丽险奇、最原始古朴的怒江大峡谷就将横亘自己眼前：充满生命灵动的东方大峡谷、自然地貌博物馆、世界级生物物种基因库；“一山分四季，十里不同天”的高黎贡山；还有，聚居万种风情的少数民族，常年与世隔绝、令人神往的独龙族村寨；三江并流、高山雪峰、峡谷险滩、林海雪原、冰蚀湖泊……

哪一处，不是销魂蚀骨？

不管了，睡觉！爱谁谁去吧！

韩逍深吸一口气，长长呼出来。闭上眼，默默叮嘱自个儿，一定要彻底放下心情，轻装上路。

Charpter 2

你出现我身边，像个奇迹发生

地球上生活着七十多亿人口，世界上共有二百二十四个国家和地区，中国一共有六百六十一个城市、两千八百多个县，而我们恰好在此时此地相遇……

“上山到云端，下山入深渊；岩羊无路走，猴子也发愁。”

从六库去往怒江大峡谷，唯有一条紧邻怒江而建的S228公路，两岸高山夹峙，峭壁千仞，危岩嶙峋。除了险崖怪石的景致，还有名不虚传的怒江之怒——借水急滩高之势，激浪滔天，声如狂啸怒吼！

凌晨六点就已动身的韩道，此时此刻已经单车直入，完全陶醉其中。车轮下的沿江公路，不是削坡而筑，便是炸石掏岩，行驶在如此嵌进山崖的路上，好似一个穿针引线的神秘使者，欲将怒江东岸的碧罗雪山和西岸的高黎贡山，缝于壮丽、巍峨之上。

韩道出发前特意换了一身行头：上身纯白色打底T恤，绿色JEEP军版衬衣，外搭NF防水冲锋衣；下身铁灰色的狼爪速干裤；V底的意大利CRISPI登山鞋；加上他平时就佩戴的卡西欧多功能户外防水表和雷朋偏光蛤蟆墨镜；整个人看上去英气十足。

在三百多公里的峡谷地带飞驰穿行，想要按捺住心头的激动，原来是件挺困难的事儿。行驶到异常险峻的地带，他怀疑自己都快要心律失常，甚至有间歇性心律断带的危险。

越过高度戒备的地带，他便摇下两边的车窗，任由清甜的风灌入车内，难怪庄子感慨，天地有大美而不言。

时而在对岸还能遥望到绿荫半掩的寨子里冒出的缕缕炊烟，和一早就在山埂梯田里劳作的村民。一层轻纱般的薄雾笼罩于山涧，缓缓地游走、晕染，让眼前恬静安详的景象忽而朦胧，忽而清透，如若神笔而就的一幅变幻莫测的写意水墨画，美得令人不忍触碰。

车子在蜿蜒的山路上行驶两个多小时，便赶到了福贡县城。这个小城依山而建，居民以大多都信仰基督教的傈僳族为主。过了福贡再开4小时左右，就能到达韩逍准备落脚的贡山县城——这是他前一晚做好的计划，先到贡山休整，再决定下一站是先往独龙江，还是先去丙中洛。

万万没想到，完美的行程设计刚开始了两公里，就遭遇了危机。暴雨，这个令韩逍最担心的情况不可避免地发生了。

刚出福贡，韩逍便发现有一阵乌云飘过，还没来得及反应，豆大，不，疑似土豆大小的雨水便已经砸了下来。这阵雨来势很猛且急，天色骤然变暗，雨水哗哗地敲在风挡玻璃和机器盖上，急促的雨声、呼啸而过的风声，与咆哮的江水声混合在一起，恍如万马奔腾、千军阵前刀光剑影的厮杀。

韩逍只想着已经过了雨季，却不知道峡谷里的天气仍旧是瞬息万变。早上还阳光明媚、蓝天白云，不到中午居然狂风大作，暴雨倾盆。这一刻的大峡谷，仿佛收起了娇柔明媚的笑容，突然露出狰狞的本性。

原路折返，还是一往无前？韩逍不到半秒就给出了答案。以他过去的经验，握稳方向盘小心谨慎是必需的，尤其要关注着路旁山体的动向。这种地质路况最容易在下雨时出现落石和山体滑坡，而且险情历来是防不胜防。

这种担心，果然不可避免地应验了。

刚转过一个山坳，他就发现前方有车行动迟缓。仔细一瞧，50 米开外已经有几辆车堵在路中央，其中还有一辆小巴车里有个小男孩在好奇地朝窗外张望。

一定是出事了！

韩逍反应还算老道，先把车开到离山崖较远的地段紧靠岸边停下，然后才打开车门走出来，冒雨上前去查看。

果然，往前大约二百米，一辆大货车被落石砸中风挡玻璃，按时间算来也不过是两分钟之前的事儿。当时驾驶员紧急打轮，导致车子斜着侧翻在路中央，车后厢歪在泥泞中，车头有一部分都甩出了路肩，半耷拉着悬在崖边。下面就是激浪滔天的怒江水，大雨急缓不定，情况万分危急！

跟韩逍一样，后面被堵住的几辆车也有人下车凑上来。人一多，大家便开始七嘴八舌出主意，都想尽快帮忙解困，场面顿时陷入混乱。

韩逍有过不少山路驾驶经验，此时显得比其他人冷静许多。他仔细观察了一下周边的地形，道路已经被侧翻的货车堵得严严实实，而且雨还没停，这段路旁边的山体还不时有碎石滚下。显然，其他车一时半会儿也难以通过，同样有被砸到的危险。

事不宜迟，韩逍立即扯脖子高喊:“咱们不能在这块待着，大家快上车，都往后倒，得先离开落石地段！哪位师傅帮个忙，赶紧给附近的救援单位或公安局报警，让他们派车来清理好吗？最后一辆车的师傅请注意，拦住后面上来的车，不要再往前扎了！”

“大家快点找个安全的地方停车，记得都靠一侧，把救援通道留出来！”人群中传来女子急迫的声音。

“快啊！别愣着看热闹啦，赶紧倒车，要不然都很危险！！”

这短短的几句话掷地有声，一帮子人如梦初醒，纷纷回身上车撤离。韩逍随即招呼两个小伙子协力爬上翻倒的驾驶室，扒开车门，见司机痛苦地横在角落，他在翻车时压伤了右腿，正强压着呻吟声。

“师傅，别急，我们来救你！你试试还能动吗？”韩逍朝他大声地喊道。

“哎哟！腿……动不得，卡住了，你们得……拉我一下……”

“好的，你侧下身，我们慢慢往外拉你，你要痛就说话啊！”韩逍跟一个小伙子一起又往里凑了凑，开始一点一点把他往车外拽。

还好，司机伤得并不严重，韩逍等人细心地将他卡住的腿慢慢挪了出来，又用拖车绳绑在司机的腋下，用尽全身力气才把司机拽出了驾驶室。

这时，旁边早有返回来帮忙的人预备好了简易的夹板，将司机受伤的腿包扎固定好。

韩逍还没把气儿喘匀，就喊道，“快，得马上送医院！大家搭把手，把人抬到后边我的车上！”

直到这时他才注意到，从把伤员抬下车就有一把小花伞一直撑在自己头上。定睛一看，为他撑伞的是一个二十来岁的年轻女孩，盈盈弱弱的身材，但从目光里看得出，一点也不显得慌乱。

此刻她正在注视着他，冷不丁与韩道目光相接，便稍有羞涩地垂下眼帘，随即又露出微笑，语调笃定而恳切：“掉头送福贡县医院！我路熟，带你们去！刚才给那里的范医生打过电话，但他们的救护车要再等会儿才能过来！”

“走，赶紧上车！哎，对了……刚才是您帮忙指挥吧，多谢，多谢哈！”韩道忽然有种哥伦布发现新大陆的惊喜。

就在他们冒雨把伤员往车上抬的中途，小巴车里那个张望了好久的小男孩擅自从车上跑下来，随口喊了声：“褚老师，我……憋不住了！去那……”话音未落，便跑到路边去撒尿。

褚老师就是韩逍身边打伞的女孩，她刚要叮嘱别乱跑，男孩头顶的山坡上便有山石裹挟着泥石流汹涌滚下来。褚老师刹那间大惊失色：“嘎果！快离开那儿！！快躲开！！！”

只见她扔开雨伞，拼命地往男孩的方向奔跑。可嘎果却被储老师叫得一下怔住，惶然站在原地不知所措。

韩逍在一边看得真切，几个箭步飞跨上去，赶在落石下坠前的一刹，顺势将她们两个向旁边用力一推——褚遥抱着孩子一并倒在路上，一块山石擦着韩逍的肩膀正砸在刚才二人人移开的位置，好险啊！

“没事吧，没事吧？孩子呢，伤到没？褚老师，您怎么样？”韩逍从湿滑的路上爬起来，赶忙追问师生两人。

“还好，刚才多亏你！”褚老师一边把小男孩抱起来，一边长舒了一口气。

小男孩这才缓过点神，明白刚才发生了什么，急忙半躲在老师身后，提了提裤子，神魂未定地望着救他的陌生人，随即抱住褚老师号啕大哭起来。

此时，公安巡逻车赶到，开始人员与车辆的疏导工作。韩道扬扬手让师生两人跟上，便又和另两位抬着受伤的司机，小心地将他安置在车后座。褚老师把嘎果送回了小巴车，叮嘱几句后连忙回来坐进韩道的车里。

于是，这辆老八零越野车随着众人赞许的目光，在一阵自发的掌声中掉了个头，急速向福贡县城驶去。

韩道的车刚开出不多远，就看见有两辆公路局的拖吊车开了上来，他估摸着，现下的堵塞应该在天黑前就会得到解决。

后座那位受伤的司机大概是渐渐从当时的惊恐中平定下来，腿上的剧痛也已经缓和了不少，便开始对韩道不停地道谢。

坐在副驾的褚老师虽然默默无语，但眼神中不经意地透露出对韩道的赞许、佩服。

倒是平静下来的韩道，开始有意无意地打量起坐在身边这位处乱不惊、遇事沉着的女孩。她身穿一件淡粉色开襟运动帽衫，米色的户外休闲裤，白色帆布鞋上沾满了泥水；尖尖的小下巴略显俏皮，双眼格外清澈，目光笃定，还有股说不出的亲和魔力；一头利落整齐的乌黑短发，被雨淋透的刘海湿嗒嗒地贴在额头，却毫无狼狈之感，反而更加楚楚动人，看上去很自然、很舒服。

这姑娘骨子里透着一种令人不敢亵渎的坚定气质，韩道暗想。

可能是察觉到韩逍在不住地看她，褚老师索性也大大方方地扭过头，双目含笑地望着他。这下，反倒弄得韩逍慌忙失措，赶紧目视前方，遮遮掩掩地问道："哦，对了！姑娘，怎么称呼啊？"

"我叫褚遥。"姑娘淡淡回答。

见姑娘爽快答话，未待人家再开口，韩逍就接着话音伸出握着挡把的右手："韩逍！很高兴认识你！"

"嘻嘻，您是北方人吧？"褚遥甜甜一笑，侧身浅浅地伸出指尖，与韩逍轻轻握了下手。

仿如蜻蜓点水般的"握手"，太浅太轻，让韩逍那交友心切的手有点不知情归何处，又停在原处几秒后，尴尬地举起来捋了捋头，才又放回本该司职的挡把位置。

"好眼力啊！我是北京来的，您好像也不是本地人吧？"

"我妈妈是，我很小的时候住在这里，后来跟爸爸到成都上学，三年前回到怒江，在福贡待了将近一年吧。"

"哦……"韩逍有些好奇，"是回来寻亲么？"

褚遥好像并不想回答他的问题，便以微笑代之。片刻后才又淡然地开口说："我在这里的小学支教。"

"支教？"韩逍一听不禁由衷地钦佩："哇，难怪一见你就觉得与众不同！志愿到边疆扶贫支教，一直是我等向往的梦想，褚老师年纪轻轻就如此有爱心，实在是伟大啊，必须得致敬一个！"

"哪有？我只是非常喜欢这里而已……"褚遥见他如此夸张，只好笑笑岔开话题，"都说你们北京人会玩，你怎么自己来怒江旅行？"

"我啊……唉，就一迷路走失了的孩子，误打误撞就走到了这儿，阴差阳错就遇上了你，这可能是上天安排褚老师这位天使来把我带出迷途的吧？原本举目无亲的人，这回总算是找到组织啦！”韩逍也不知怎么的，竟越说越没了正型，好像管不住自个的嘴巴似的，说完就有点后悔，恨不得呼自己俩耳光。

面对这种有好感的女生，韩逍的大脑 CPU 系统总是能在沟通破冰的瞬间，就迅速自启泡妞模式；什么天花乱坠、油腔滑调、甜言蜜语，搂都搂不住。

褚遥被韩逍这么一插诨打科，面色微微泛红，但语气依然保持淡定地回应：“你那么有经验，就别故意笑话我啦！不过，这里我还算熟，你若有什么需要，我倒是有可能帮得到你的。”

“需要，需要，太需要了！您要能在百忙当中亲自给我这迷途的羔羊指点迷津，那简直是求之不得，三生有幸啊！”贫嘴还在继续耍，韩逍心中却一阵暗喜。

“前面的大铁桥右转上去就是福贡县城，再有个五六分钟就能到县城医院，我再给范医生打个电话，告诉他我们快到了。”

褚遥这次没搭韩逍的腔，只是提醒他前面的路怎么走。韩逍望了一眼她认真的表情，这才收回心，想起后面还载一位急需救助的伤员。

到达县医院与范医生和交通队的民警接上头，交代妥当后两人才轻舒一口气。这时细心的褚遥才发现，韩逍的左胳膊衣袖被划开了一个大口子。

“啊，你胳膊受伤啦？是不是刚才救我们的时候蹭的？”

韩逍故意轻描淡写：“没事，没事！男人么，这点小伤不算什么，我车里有创可贴，一下就好，一下就好！”

“不行，我们到门诊去擦点药吧？”褚老师有些担心，想拉着韩逍往回走。

可韩逍却执意不肯，大摇大摆地直奔越野车走去。褚老师只好由他，但主动要求去他车里帮忙处理伤口。两人这才相视一笑。走出医院大门，到韩逍的车里，倒腾出飞飞留给韩逍的户外医药箱。

褚遥认真细致地帮韩逍处理完伤口，才算松了一口气。

殊不知，这过程里，韩逍不知是被外伤药给麻醉了，还是被褚遥近身吐出的芳兰迷倒，反正整个人五迷三道的，像是自己的胳膊刚刚被天使吻过，惬意得不得了。

“天马上黑了，这里赶夜路不太安全，我看你不如明早再走，你说呢？”

“我都行啊！你不是也要去贡山吗？我们可是殊途同归，悉听姑娘安排就是，嘿！”韩逍拿出一副随遇而安、潇洒放浪的派头，有点不知今夕何夕找不着北。

“好呀，明早搭你车子就方便多了！那我今儿就尽个地主之谊，好好招待您这位首都来的大英雄！”

“岂敢，岂敢！遭遇这类突发事件，谁还能袖手旁观啊？跟您这天天无私奉献相比，我等算什么英雄？所以啊，就算你请客，也是我埋单！”有这等机会，韩逍简直快得意到云霄去了。

“那怎么行？您是我们傈僳人的贵宾，这里虽说山高水远、贫穷落后，但自古以来热情好客，要那样就真是瞧不起我啦！您什么都不用管，一会儿我带您安顿好住处，然后叫上几个好朋友，一起热闹一下，让您也尝尝我们这里的同心酒、手抓饭，怎么样？”

韩道最喜欢的就是体验少数民族风情，褚遥的建议可真是正中他下怀：“呦呵，这可是小生梦寐以求的呀！好，好，都依您就是！只是有个私人要求：千万别住旅店！我特想感受一下你们当地人的生活，能找你们傈僳族的人家住么，房租照付，可否方便？”

“不要总提花费！当然方便，要去寨子里住，还辛苦你再开一段山路了。”

“辛苦个啥？我这做梦都想贴近原生态呢，只要不给老乡们添麻烦就好！”

“我们这里的人都欢迎远方来的客人呐！您不嫌弃，那就借住在我的阿纳姆姨妈家里吧，她那儿既干净又方便。我和她家的女儿扎姆朵儿妹妹一起睡，呵呵，她们昨天刚给我送完行，走时哭得稀里哗啦的，要知道我这么快就又回来，还给她捎回个北京来的大帅哥，不美死才怪，哈哈！”褚遥这会儿也不拘束了，竟然也跟韩道开起玩笑来。

二人上路后，褚遥给阿纳姆姨妈家打了个电话，告知了今天突发的状况，还叮嘱说等下要带人回寨子住。话音未落，就听到电话那头传来一个女孩子兴奋得大呼小叫。

这时，韩道才心想，这女孩子估计就是褚遥刚刚提到的扎姆朵儿吧。

美死她？美死我还差不多！

开车去往傈僳村寨的路上，韩道不禁露出一丝不易被察觉的坏笑。

Charpter 3

请您饮了这杯同心酒

这一瞬间，他们肌肤相亲，天地颠倒。彼此能真切地感受到对方的鼻息，听到咚咚的心跳。只这两三秒，却似经历了韶华几度。瞬息之亲，便已不负此生矣。

或许我们走那么远，不是单单为了看风景，而是为了去天地的尽头会一会自己；在遥远的地方，把喧嚣抛在身后，让心在旅途中找到谦卑，让自己不再愤世嫉俗，不再与人为敌。

雨不知何时停了，天边的云朵，慢慢化作心际那几许绯红。

远远地，村落掩映在落日余晖中，平静而祥和。韩逍开着车，按照褚遥的指引赶往傈僳族村寨。

“怎么会来这里支教呀，你原来做什么工作？”韩逍被好奇心唆使，开门见山地发问。遗憾的是，这个话题选得老套拘谨、毫无创新。

褚遥淡淡一笑，反问道：“动机很重要？”

“不，不，不，就是特好奇而已。一直就挺佩服你们这些心中有大爱手中能实践的！就拿我来说吧，每年都给希望小学捐点钱，也嚷着公益公益身体力行，可要是动真格的，有九成九是先打退堂鼓！来这穷乡僻壤体验几天生活还勉强，像这样长年扎根教书育人，打死都没戏哦！”

“呵，瞧您说的。”褚遥轻抿了下嘴唇，随即若有所思，静默无言。

这究竟是个怎样的女孩？韩道想去形容她，但却找不出任何恰当的词汇。他这台超强波段接收仪居然也会陷入瘫痪，对信息无从处理。至少现在，从这个姑娘身上他还未捕捉到同一频点的信号，愈是不能交汇，愈是显得神秘好奇，耐人寻味。更要命的是，韩道以往那些便览群芳，放浪自如、倜傥风流的伎俩手段，此时在她面前仿如被条紧箍咒套住一般，显得笨拙可憎，想使却使不出来。

“也许……有一种结局就叫命中注定吧。”韩道还在挖空心思找突破口，褚遥却在片刻的沉默之后，平心静气地说出这样的开场白。

“命？命运？”

“嗯……我妈妈就生在这里，我爸爸之前是援建道路的测绘工程师。那些年这里还不曾被开发，像我爸爸这样的文化人都很受尊敬。妈妈山歌唱得好，经常跑到工地上给大家表演，后来就和爸爸恋爱结婚，回到成都有了我……

四岁那年，丙中洛通往山外的路终于要开工了，爸爸自告奋勇来到妈妈的故乡。有一天，也下了刚才那么大的雨，工地上刚浇筑好的一段路基被大雨冲塌，爸爸去抢救设备的时候，不幸被一块大石头砸中了腿……几十里的山路，工人和老乡连滚带爬走了一整夜，才把爸爸拖到了最近的县医院。可爸爸的腿伤势太重，又耽搁了时间，没能保住……

听到这个噩耗……妈妈整夜不休地照顾爸爸，没留心得了风寒，可她还是守在爸爸床榻边上，后来……诱发了急性白血病……没过多久她就走了……”说到这儿，褚遥猛地将头转向车窗外远方……

韩道见状，不知所措。他将车子缓缓停在路边，望着强忍眼泪的褚遥，也不禁心头发紧，鼻头酸胀，眼圈竟然也有点泛红：“真不好意思，不该勾起你的伤心事……”

褚遥苦笑一下，宽慰道：“没事的，早过去了……爸爸毕生的心愿，就是让这里乡亲们都走出大山。可惜的是，我的理科成绩太不好，做不来修路搭桥的大事，所以只能回来教教书，让孩子们先去外面的世界看看。”

天色渐渐暗下来，车里的两人思绪回转过来。

所幸，要借宿的村子就在眼前了。悲伤的话题也就此打住。

不远处的村口，有一群人正在向他们挥着手。

村寨看上去并不大，背靠大山建在临河谷的一个凸起的台地上，三面梯田环绕，一面朝向峡谷。

来迎接韩道和褚遥的十几个村民都没穿傈僳族服饰，唯独一个二十出头的姑娘除外。她几乎是全身盛装出现，傈僳族女孩特有的偏黑肤质，映衬在黑丝绒衣裙与娟秀明艳的彩色配饰之间，显得热辣、跳脱，神采奕奕。

“扎姆朵儿？”韩道歪着头问道。

“除了她，还能有谁，呵呵！”褚遥也笑意盈盈地对着窗外挥手。

韩道的车由远而近，扎姆朵儿一直在欢呼雀跃地高举着双臂。车还未停稳，这姑娘已经带着爽朗的笑声冲上来。“姐姐，姐姐！”迫不及待地拉开车门，连拖带抱将褚遥弄下车，拥在一起：“姐姐，感谢父神，我昨晚一夜都在祈祷不要你离开我们，哈哈，真是太神奇啦！今天你早上出门，晚上就又回来了，太好啦！太好啦！”

褚遥被扎姆抱着转了好几圈，才想起还没来得及介绍的韩道，她扯住兴奋不已的妹妹说：“好啦好啦！还闹，羞不羞？还有客人在呢！”

扎姆朵儿这才消停下来，冲着韩道摊了摊双手，吐了下舌头，算是打了招呼。

“阿肯大叔，这位是北京来的韩先生，今天我们去贡山的路上遇到落石，有个大车司机受了伤，多亏他及时帮忙，才把人救下来，他说想来我们寨子里看看，我就把他带来了。”褚遥转身拉过韩道，带到来迎接的老村长面前。

阿肯村长听罢，急忙上前握住韩道的手，操练起怒江普通话：“知道啦！哎呀，我就说嘛，褚老师是我们寨子里的金凤凰，她到哪里，哪里就有喜事！看看，连北京城的大领导都给引来啦！欢迎，欢迎啊！”

“大叔，您可别这么说，啥领导啊，就是小公司打酱油的！这不，沾褚老师的光前来讨扰，还请您多多关照啊！”韩道被这等优待弄得有点受宠若惊语无伦次。

扎姆才不管他们这种场面话，按捺不住地凑将过来，大大方方地挽住韩道的胳膊：“姐姐在电话里可都说了，北京来的大哥哥又勇敢又能干！要不是他现场指挥啊，别说救人了，还不定会出什么危险呐！”

“哪有那么邪乎？主要还是褚老师……”

“哎呀，她的功劳一会儿再说嘛，现在先说你的！”扎姆果然是率直大胆的性格，说话时眼睛火辣辣地望着韩道，直看得他心旌荡漾，不敢直视，后脊涔涔冒出虚汗。

“人命关天哪能袖手旁观？搁谁都得过来啊！”

“哟，瞧您说的，想救那是人性问题，会救可是能力问题，好心帮倒忙的例子还少嘛？”

“我……”向来自诩擅长思辨的韩道，此刻竟有点招架不住。

“哈哈哈，都好，都好，快别光站在这说话啦！赶紧进寨子吧，乡亲们已经备好了手抓饭，布汁酒，给远方来的贵客接风洗尘！为褚老师和北京来的英雄庆功啊！”老村长适时出现解围。一行人簇拥着褚遥、韩道二人步行向寨里走去。

整个寨子最大的一块平地就在褚遥的小学校门口，算起来也不过是半个篮球场的面积。空地一角有个水池，平日村民洗菜、洗衣服都在这里，因此也就成了全村人大事小情的聚集区。

夜幕正缓缓下垂。小广场上已聚满了全村的人，空地中央早已燃起一个火塘。火塘周围摆放着琳琅满目的美食、美酒。女人们还在忙着准备餐食，三两群孩子围坐在空地外的矮墙或柴垛上，好奇又迫切地朝火塘张望。

准备陪酒的都是村里比较有地位的长者，以及与褚遥、扎姆朵儿要好的两三位年轻人。韩道和褚遥被一堆人团团围住，又一一介绍，逐个握过手才算正式坐定。这完全不比平时，韩道工作中也经常出席各种档次的宴请，但今晚这种原生态的少数民族晚宴确是头一遭。乡民们的淳朴真诚的盛情让他颇感钝拙，不时有些手足无措。

褚遥仿佛看出了他的心思，小声开解道：“不用紧张啦！这里的人都实在得很，他们很少见到从北京来的人，所以才像逢年过节一样高兴。

你不是要感受傈僳人的生活吗？那就好好体会吧，今晚一定能让你不虚此行！”

韩逍虽连连点头，心里却不禁暗暗打鼓。

听褚遥介绍，围绕火塘就地摆放的一圈，都是寨子里各家各户呈献来的最好食物。主位前面放了一个硕大扁平的竹笸箩，里面琳琅满目地摆满了各式美味：茶香烤鸡，脆皮乳鸽，手撕排骨，怒江香肠，老窝火腿，肘花，咸鸭蛋，香辣猪蹄，傈僳烤鱼，香甜水果玉米，怒江苦荞饼……甭说吃，光看着就已经口舌生津，流涎三丈了。这一大笸箩的风味简直太诱人，碰上韩逍这等吃货，哪能顶得住？只需一眼，便已食指大动。

淡定！淡定！人家如此盛情款待，咱怎么能不顾礼节就顾着大快朵颐呢？韩逍脸上堆着笑，努力稳住肚里咕咕乱闯的馋虫。再三推让，还是硬被村长拉到了身边的主客位落座。褚遥坐在村长的另一侧，扎姆朵儿淘气地吵嚷着挤到了韩逍的旁边，其他陪客则按长次分列席中。

按规矩，首先要喝老村长敬上的两杯“进门酒”。那杯子是用细竹筒做的，一杯大约能装二两，盛的自然是阿纳姆姨妈自己酿制的米酒。

只见老村长端起酒杯，真诚而恭敬地捧向韩逍，语气略带紧张：“今天……那个……是寨子里喜庆的日子……我们最尊敬的褚老师，带来了首都的贵宾……北京的领导！这是我们寨子的大福事……大喜气……来！我先代表全村敬……韩领导，欢迎光临小寨……让我们蓬勃……生灰！”

老村长想学着讲几句县里领导讲话时的套词，引得在座的年轻人一阵哄笑。扎姆朵儿故意纠正道：“那叫朝气蓬勃，蓬荜生辉，阿肯老爹！”

“嗨，管它啥灰呢？总之，欢迎，高兴，就是了嘛！”

“哈哈哈哈……”众人一听又一齐开心地大笑起来。

酒，这东西不论在哪儿都是调剂尴尬、疏通情感的灵物。让老村长这么一逗，韩逍本来紧张的神经也随即放松许多，满脸笑意地站起来跟村长连干了两杯。

傈僳族喝的酒称为“那汁”，汉语叫“杵酒”，是一种度数仅有十多度的黄酒，是自酿米酒的一种。韩逍原来大多喝“二锅头”之类的高度白酒，这种入口绵甜的米酒对他来说根本不在话下。

喝过进门酒，褚遥急忙招呼韩逍吃菜，坐在身旁的扎姆朵儿也递上水盆，让韩逍洗干净手后，品尝他们傈僳族最具特色的手抓饭——这可是一道选料考究的傈僳族大餐。用当地特产的香米饭，放上切成小块的黄焖小猪肉、火烧鸡、熟火腿和油煎土豆、凉拌鱼腥草、清煮南瓜等辅料，再配一碗鲜鸡汤。

这绝对是韩逍生平吃过最极品美味的手抓饭。他学着大家以左手为碗，右手当筷，边吃手抓饭，边喝杵酒，真是痛快淋漓地满足了挑剔的味蕾，也让肚腹一解对美食的相思之苦。

在陪的主人们见客人已品过各式佳肴，便开始跃跃欲试地准备上前敬酒。

寨子里最年长的阿普老爷爷说着一口傈僳语也来敬酒，褚遥连忙上前搀扶，并在一帮翻译。她告诉韩逍，老人家今年已经九十多岁了。

阿普爷爷说，他这一辈子走得最远的地方，就是年轻时跟着马帮到过腾冲，从没离开过云南，更别说北京了，所以很高兴能见到从北京来的贵客。他甚至比画着，北京城应该有腾冲三四个那么大吧？

“老人家，现在交通方便多啦，您老啥时有空儿也可以去北京转转呀？瞧您身体还这么硬实，游故宫爬长城都没问题，到时候我负责全程接待您啊！”韩道很受不了老人对自己的这种尊敬的态度，急忙也上前搀扶阿普爷爷的胳膊，并附身恭敬地答道。

这话虽说很客套，却也是发自肺腑情真意切。

老人听完褚遥的翻译，十分感激地看着韩道，眼眶竟有些潮湿。

褚遥见此，便在一旁怂恿道：“既然你这么讨阿普爷爷欢喜，他要和你喝个同心酒呢！”

“没问题，那是我的荣幸啊！说吧，让我怎么喝？”此时此刻，韩道虽不知规矩，但也懂得客随主便的道理。

“啊哈哈！啥子怎么喝哟，去搂上爷爷一起干了他那碗酒啊！这都不明白么？”一旁的扎姆朵儿沉不住气，比褚遥还积极地站起身，忙不迭想给他示范同心酒的正确喝法。

“同时？喝一碗吗？”韩道傻呵呵地看看扎姆朵儿，又看看褚遥，不知所云。

褚遥笑着点了点头，又给他解释了一番：“同心酒可是傈僳族待客的最高礼节，晚辈和长辈共饮是要半跪三磕相敬呢！阿普爷爷要和你喝‘斯加知’（思念酒），喝酒时要两人面对面，搂着脖子，扶着背，先说‘尼迟知多’，再一口喝光；或者搂住肩，脸贴脸，嘴靠嘴，同时喝完一杯酒，一滴不洒才行呢！”

韩道暗想，这么大一碗，俩人凑到一块喝，那酒水还不洒得满脸都是？干脆，还是自己先发制人吧！他端起自己的酒碗郑重说道：“同心酒可不敢当！这样，我先按北京的规矩敬老人家！”仰头一饮而尽。紧接着又恭敬地接过阿普爷爷的酒碗，举过头顶埋首道：“晚辈韩道祝您健康长寿！”又干了一大碗。

四周响起欢呼声。韩逍为此竟也感到内里豪情乍起，好似那快意恩仇的飒爽，开始有些难以自持的兴奋。

“差不多就和你无法相会，
差不多就与你无法相聚，
您的到来使陋室生辉，
您的到来让情缘相聚，
请您喝了这杯接风酒，
请您饮了这杯洗尘酒！
……”

酒意正酣。扎姆朵儿和几个小姐妹、小伙子们拉着手，围着火塘跳起欢快的舞步，唱起一首热情洋溢的祝酒歌。

清朗的歌声，轻盈的舞姿，在熊熊燃烧的火塘映照下，影影绰绰，袅袅婷婷，曼妙无比……

祝酒歌一遍又一遍地唱着，地上遍是喝空的酒坛。长辈们陆续退了席，剩下一帮年轻人继续把韩逍和褚遥两人拉着一起唱歌一起跳舞。

歌声、欢呼声回荡在山谷，所有人的快乐融在一处，旋转飞扬，直至消散在头顶那一片有微暗星光点缀，深邃静谧的夜空。

韩逍不知不觉已是面红耳赤，东倒西歪，晕晕乎乎。直到最后喝得气都倒不过来，还在被以扎姆朵儿为首的几个傈僳族女孩毫不留情地按住脖子往下灌。

就在韩道实在难挡这轮番攻势，准备借故退场的时候，却被几个人发现，同时还揪住了也想离开的褚遥。这下大家一齐叫嚷起哄，要让褚遥和韩道俩人喝一杯同心酒。

“褚老师，喝一个！韩领导，喝一个！”

适才跟别人喝交杯酒，韩道都不曾有过异样的感觉，只有对民族的仪式的敬意。可不知为何，此时面对捧着酒杯来到近前的褚遥，看她双眸娇嗔、面如桃花，目光流盼、娇嫩欲滴地望着自己，大脑突然变成一片空白，只听到胸口暗鼓乱敲、蠢鹿乱撞。

他傻愣愣地举杯站在那儿，活像被神仙弹指定住似的……

众目睽睽之下，褚遥见韩道许久没行动，只好善解人意地上前两步，右手接过韩道的酒杯，优雅地抬起左手搂住了韩道的脖子；此时韩道有些不知所措，动作木讷地半蹲着搂住了她的腰。就这样，两人脸贴脸，嘴挨嘴，把一杯沁人心脾的“醉情琼浆”同时倾入口中。

这一瞬间，他们肌肤相亲，天地颠倒。彼此能真切地感受到对方的鼻息，听到咚咚的心跳。只这两三秒，却似经历了韶华几度。瞬息之亲，便已不负此生矣。

无论如何，只有韩道和褚遥心里最清楚，他们的心就在相同的一秒钟，电击般停顿了！

“哈哈，该我啦！该我啦！”扎姆朵儿大大咧咧捧着酒冲上来。

褚遥涨红着脸转身走开，韩道望着她的侧影还在心猿意马，嘴里“哦”了一声。

“韩哥哥可不许偏心哟，我也要和姐姐一样的待遇！”扎姆朵儿可称得上是寨子里最活泼靓丽的女孩儿，是山谷里娇俏火辣的小郡主，是这里光芒四射的“黑珍珠”。

她的热情能让整个峡谷都澎湃不已，韩逍当然不得幸免。

“好，好，好！我舍命陪美女就是！”

“可不许赖皮哦！刚才你连说了三个好！那我必须和哥哥‘三江并流’，咱们连干三个怎么样？”

“好！！！”根本容不得当事人有任何辩驳，大家已经众口同声替他答应了。

这一劫看来无论如何也逃不过了，韩逍索性把心一横，既来之则安之，“让暴风雨来得更猛烈些吧！”

扎姆朵儿可比褚遥热情得多，上来就紧紧地搂住韩逍，两人的嘴唇几乎要亲到一块儿了。有了刚才的历练韩逍也算驾轻就熟，在众人的一片嬉笑和哄闹中，接连把这三大碗灌进肚子。

少女的体香伴着陈年的酒香，犹如魔法棒一般猛烈地搅拌着韩逍的大脑，他飘飘欲仙，他魂迷魄乱……没错，他被“艳福”痛痛快快放倒了。

一阵花枝乱颤的笑声过后，扎姆朵儿才从地上拉起烂醉如泥的韩哥哥，谁也不让搭手，左摇右晃地要把他拖向自家的竹楼。

不远处，褚遥望着妹妹和韩逍的身影，默默地跟了上去……

Charpter 4

你在山的另一边，听到我的歌吗？

世上有一样东西，比任何事物都更忠诚于你，那个就是你自身的经历。滚滚红尘中，无论你的命运遭遇怎样的悲欢起伏，所见所闻所感所悟，这一切仅仅属于你，不可能转让或者转嫁给任何人。

送行宴是在中午前安排好的，韩逍几乎在头疼的渐渐消退中应付过了热情不减的村民。丰盛的佳肴摆满了阿纳姆姨妈家的桌子，有酸竹菜、漆油炖鸭、酒闷鸡、荞砂饭，还有石板粑粑等，而身边两位跟没事儿人一样的大美妞，怎么看怎么让韩逍觉得内有文章。灿烂天真的扎姆朵儿突然变得有几分羞涩，而款款大方的褚遥也似乎总在对他莫名地躲闪。

“该死！难道我喝多后……做了什么？”韩逍一边不自然地吃东西，一边暗自揣度。这真的让他抓狂！从睁开眼直到离开，任他敲破脑壳，记忆存储器也只定格在“三江并流”的豪迈场景。之前也曾数次宿醉，但从来没有记忆缺失的情况啊！

具体来说，韩逍是被透过竹窗的一缕温暖的阳光搅醒的。迷迷糊糊中，他抽了抽鼻子，枕间似有一股沁人的幽香，好像在哪里闻到过。眯缝着双眼慢慢适应了室内的光线之后，他发现自己躺在一张陌生的木床上，大脑思维用几秒钟摆脱了短暂的空白，才开始为这种不知身在何处的错位感懊恼不已。

头重脚轻地慢慢坐起身，正巧碰到头顶那幔雪白的蚊帐。环顾四周，仔细回想，他察觉自己竟真的不知怎么睡在这里的。在这间布置简陋的竹楼里，摆放着一张老旧的办公桌，微微泛黑的原木因经年擦拭的痕迹沉积成拙朴的色泽，桌子一角还叠放着一摞课本，旁边是一盏简易的小台灯，另一角摆放的精致小花瓶里插着一捧黄白相间的野菊花，这鲜亮可人的一丛小花跟粗陋静默的陈设，一起沐浴在从木格窗子投射进来的几何状阳光里，十分像一个人带给他的感觉。

没错，是褚遥！韩道的第一反应是这一定是年轻老师的房间。

可他是怎么睡在这里的？莫非是他们两个一起喝了甜蜜的同心酒……哎，不对，褚遥当时转身走开了，自己却被扎姆朵儿给缠住了，后来他们搂在一起，亲在一起，再后来……天啊，谁给自己换的衣服？

可是，他在床边的木椅上不小心碰洒的那杯水，洗脸盆上崭新的毛巾，打好水的漱口缸，连牙膏都挤好了的牙刷，应该都是扎姆朵儿特意细心安排的——这是洗漱的时候从扎姆朵儿和阿纳姆姨妈的对话里听到的答案。原来这不是褚遥的床榻！！还有，在送行宴前再见到褚遥时，他闻到了清甜的味道，确定了那根本不是同一种发香……

韩道仿佛被什么上帝和魔鬼联袂戏弄了，额头的痛晕还没完全消退，他便已经彻底沦陷在不太真实的感动和假想的负罪感中无法自拔了。

好吧，一个醉鬼妄想在失忆的几个小时里找到犯罪或无罪的证据，简直比希特勒爱和平还可笑！

“阿妈，我要跟姐姐和韩哥哥他们一起去贡山喽。昨晚韩哥哥还答应带我一起去独龙江呢，好嘛阿妈，好嘛阿妈？”

“不行！扎姆你听话，姐姐要去丙中洛给雾里村的孩子们上课，人家韩老师大老远来趟不容易，哪有时间陪你疯啊？”

“什么呀？姐姐都说了，那边开课要等到下月初呢，她早去也是为了做个准备，抽几天时间出来玩没问题的。再说了，我去也能帮姐姐忙的！”送行宴快结束的时候，扎姆朵儿终于憋不住，说出了自己的心事。

看样子，这的确是韩逍昨晚答应过的事，他从褚遥毫无意外的神态便能判断出来。为掩饰自己把这事忘了个干净，韩逍便主动替扎姆朵儿求了个情。“阿纳姆阿姨，扎姆朵儿真想去，您就放心让她去呗，我能顺便带他们去，还可以顺路把她送回来呢。”

阿纳姆姨妈终于爽朗地大笑起来，拉过韩逍的手轻轻拍了两下，又望了望扎姆朵儿，像是默许了什么。

临走前，韩逍偷偷在阿纳姆姨妈屋子里放下了一千元钱——当然不含任何施舍的成分。尽管这里的物质条件距离富足还很遥远，但昨夜乡亲们却毫无保留地拿出家中最好的食物来招待自己，就这么走了心里实在过意不去。

没想到，就在他们开车要出村子的时候，阿纳姆姨妈还是气喘吁吁地追了上来，她略带怒气地手里攥着那些钱，硬要塞回韩逍的车里。

“好，好，咱不提饭菜招待的事儿了，那我想给村里的孩子们添些课本，聊表心意，这样总可以吧？这次太过匆忙，以后我保证有空就来，也给孩子上几天课！村长？阿纳姆姨妈？褚老师？再不收下叫我怎么走出这个村子啊！？”

“姨妈，我看您就收着吧，正好我们小学也需要买些文具给孩子们了。”褚遥不开口说话，谁也不知道会僵持多久。

当他们再次道了别，开车渐行渐远，大家都开始为离愁别绪百感交集的时候，唯有一个人无比兴奋。她，就是扎姆朵儿。

有一个地方很美丽

那是神灵居住的地方

有一位姑娘很迷人

她是来自天上的神仙

啊啦，哟

贡山高，哟喂

怒水长长，哟喂

这就是丙中洛

阳光灿烂，哟喂

野花香香，哟喂

有一个地方很神秘

那是幽静祥和的天堂

有一支歌谣很动听

那是来自天籁的歌唱

啊啦，哟

这就是丙中洛……

有扎姆朵儿这个精灵般的女孩做伴，旅途气氛显得异常松快。车窗开着，扎姆朵儿和褚遥一路欢歌笑语。而韩道则在前面偷偷地费着脑筋。

金秋十月的碧罗雪山已经披上了五彩的盛装，这也是此地一年中色彩最热烈、浓艳的季节。有两位美女当导游，韩道很快便开到了贡山。

三人在贡山县城稍作停留，简单吃了点东西。韩道把油箱补满就径直往丙中洛驶去。

贡山县城距丙中洛不到五十公里，去独龙江也要从这里出发，但两个地点并不在一个方向。由于他们三人事前约好要同游独龙江，褚遥又需要先去丙中洛的雾里村安排两周后上课的事，所以，韩道义不容辞地先把她们送去雾里村，自己在丙中洛等候两天，等她们安置妥当从雾里村出来，再接上她俩一起去独龙江。

褚遥要去的雾里村位于丙中洛的腹地，村子就在怒江隔岸的一面山坡上，进出只能依赖一条千百年前在峭壁上开凿出来的仅容人马通过的栈道，地势十分险峻。

穿越这条栈道，往返一趟至少两个小时，她们要在天黑前步行走到村子里。韩道也只能开车送她们到栈道的入口，他本想面对如此凶险的路况怎么也得当一次护花使者，可褚遥担心他回来时天黑路滑有危险，所以一再坚持不让他跟她俩一起进去。

三人只好在栈道口道别，约定两天后的清晨还在同一地点集合，然后再同去独龙江。

其实，扎姆朵儿内心有点希望留下来跟韩道一起到丙中洛等褚遥的，但碍于情面不好表示，只好跟在褚遥身后，一步两回头恋恋不舍地走进了栈道。

韩道一直站在栈道口目送她俩远去，刚转身要回车里去，却听到身后传来清亮的歌声，回身一看，原来是扎姆朵儿。

她就站在紧邻峭壁的栈道里，望着韩道这一头，动情地唱起了山歌：

哟耶……

山坡上的誓言，你还记得吗？

你在山的另一边，听到我的歌吗？

每天想你闭上眼，都是你的脸

你的泪滴还为我，闪烁吗？

是否见到我为你，留下的章节，

夕阳落山的故事，谁会讲给你听。

哟耶……

岁月匆匆的流失，几多春秋

离开你那么久，心中的魅力

怒江流水到远方，一去不回头

我的心跟着他，汹涌向远方。

呀拉依，山哥哥

我爱你……

清丽悠扬的歌声，缭绕在山间，撞击着对面的山崖，回转而来；歌词间那无法阻挡的情愫，裹挟着从未有过的感动，扑腾到韩道的身前。

韩逍听傻了，像个白痴一样，无计可施。

他不知道自己究竟是被歌声的美妙俘获，还是被扎姆朵儿火辣辣的表白撞晕了。过了一会儿，他不由自主地举起一只胳膊，朝扎姆朵儿那头使劲挥舞着，直挥到心头开始微微发颤，眼里噙满了泪水，隔着山和水，隔着遥不可及的可能，隔着他根本不能去回应的珍贵情谊。

后来，姐妹两个消失在视线之外，韩逍却独自伫立在原地待了许久。

怒江的丙中洛，是怒江大峡谷中最美丽的地方。

它位于峡谷的最北端，东有横断山脉海拔五千多米的担当力卡山和碧罗雪山，西有喜马拉雅山的延伸山脉高黎贡山，北有石门雄关，南有贡当险岸和日当坡，纵横交错，层层叠叠，把丙中洛像婴儿似地抱在怀里。韩逍要在这里等褚遥和扎姆朵儿两天，所以他有大把时间好好安排独游的地点。

在丙中洛周围，错落分布有嘎瓦嘎普等十座有名有姓的神山，这里的人们仿若是在神的护佑下和谐地生活。水路上，北有四季桶河，南有双拉河。东有形它河、扎那桶河，西有甲生河、格玛洛河等支流。

如果怒江大峡谷可比人间天堂，那么丙中洛就是那扇轻轻叩开天堂的大门。它神秘而人迹罕至，宛如这条绵延长达二百余公里的大峡谷最顶端雕琢精美绚丽的王冠，上面镶嵌着一线蓝天，一带雪峰，一湾碧水。在那一块块错落有致的峡谷台地上，世代居住着怒族、傈僳族、藏族、独龙族等多个少数民族。

最神奇的是，在这百十公里的狭小谷地中竟然有原始宗教，本主崇拜，佛教，道教，喇嘛教，基督教，天主教等多个宗教共存，所以，丙中洛早就被传称为“人神共居的地方”。

韩逍在丙中洛找到的落脚点是一家名字叫“德拉姆”的客栈，这还是飞飞给他推荐的。其实这只是镇中一间可住宿的小酒吧，店里只有二三间客房。

店主是一位来自昆明的小伙子，外号“蚂蟥”。人如其名，这家伙据说是个传奇人物，凡到过丙中洛的“驴友”大都会见到或听说过他。当然坊间的版本不一，有人说他在缅甸当过雇佣兵，也有人说他年轻时坐过牢，后来和老婆抛家舍业来到这个世外桃源隐居的。

飞飞有一年在川藏线上遇到塌方大堵车，正巧和“蚂蟥”夫妻两人偶遇。他们曾经互相帮助，有过一面之交。因此韩逍哥几个这次走丙察察穿越线的时候，飞飞隆重推荐了这家客栈。当然，这家的店名也是很有讲究的，“德拉姆”在当地语言中是平安女神的意思。导演田壮壮曾拍过一部堪称经典的纪录片《德拉姆》，影片中用极其唯美的镜头详细记录了从丙中洛至察瓦龙的这段茶马古道。

韩逍找到“德拉姆”酒吧时，天已经完全黑了。

不巧的是，“蚂蟥”当日上午带客人进了独龙江，要一周后才能回来。他的妻子——“蚂蟥嫂”负责接待韩逍。说明来由后，“蚂蟥嫂”甚是欣喜，还说早就接到过飞飞的电话，一直在等贵客临门呢。

酒吧前厅的墙上挂着“蚂蟥”带队穿越峡谷时的照片，他是个精瘦黝黑的男人，脸上写满了风霜雪雨，皮肤粗粝沧桑，但笑容却非常朴实，夸张的笑纹里夹藏不住内心的满足。

晚餐很不错，“蚂蟥嫂”的厨艺果然名不虚传。那一道“松茸汽锅鸡”做得简直是鲜香无比。

韩逍跟大姐聊得热络，很晚才回到自己房间。

可他一个人仍旧辗转难眠、胡思乱想了许久。一直到凌晨一点左右，他突然想起，这么些天为回避佳娴，手机基本处于关机状态，会不会有什么事错过了？

果然不出所料，他从兜里摸出手机打开，足有几百条短信一齐拥进来，而且绝大多数都是佳娴发来的。

韩逍粗略翻看了一遍，大致还是那些重复过多次的说辞：她意识到对韩逍的监管太严，以后会尽量克制；希望他别再赌气，早点回家；在外面注意安全，她很想念他，无论情感还是肉身……诸如此类。

过滤掉这些他不愿分辨真伪的卿卿我我，韩逍继续翻看其他短信。

【许远】

“公司破事儿真多，还是在外头晃荡省心啊。”

“到哪儿了？也不回个话啊？孙子！”

“这个周末你媳妇又请我们大伙儿吃饭了！你小子要悬了，嘿嘿……”

【飞飞】

“丈母娘无大碍，房车也运回来了，好想回去追你啊！”

“蚂蟥那边已联系妥当，去了就提我，好使！多保重！”

“给佳娴回个电话吧，瞎较什么劲啊？”

【同事甲】

“领导，对不起，出去办事一不留神又追尾了……您放心我一定尽快把车修好。”

【客户乙】

“你可以沉默不语，不管我的着急；你可以不回信息，不顾我的焦虑；你可以把我的思念，丢在角落不屑如弃；你甚至可以永远不再回来，可是，你不能阻止我把你的酒卡全都刷净、把你的妞儿全都泡光！哈哈，不好意思，最近应酬多，你在酒吧存的酒我给全用喽，别惦记了！”

……

一大堆乱七八糟的留言，看得韩逍哭笑不得。他拣重要的回了几条后，终于放心睡了。

犹豫再三，他还是回复了佳娴：“我已到怒江，一切安好，勿念！山里经常没有信号，出来后联系！”

踏踏实实睡了一个大懒觉，再一睁眼已经十点多了。“蚂蟥嫂”特意为他煮了一大碗香气诱人的山珍炸酱面，饱餐战饭之后，韩逍带齐相机装备走出了“德拉姆”。这次他没有开车，而是借了店里的一辆山地脚踏车，沿着上山的公路向石门关骑去。

天气明媚，晴空万里。大朵的白云在蔚蓝色的天际飘荡，高原的强烈阳光透遍了丙中洛的每一片山坡。山峦清澈，草木如茵，农田层叠，炊烟袅袅。韩逍望着如此仙境，难以抑制心中的狂喜，不由得暗自艳羡起这里居住的人们。

来到石门关，便可见到两座垂直的悬崖峭壁屹立在怒江两岸，活似两根石柱插入云端。顺着沿江公路回转可绕过石门关，怒江大转弯的对面高山上有一个可俯瞰全景的观景台。韩逍从山坡的简易防火道往上骑，一直骑到连单车也不好行驶的山路前。他放好单车，徒步继续前行，大约又走了五十分钟，才到达那个观景台。

俯身向崖下的大峡谷望去，整个“怒江第一湾”的轮廓尽收眼底——壮丽的怒江，在流经丙中洛乡日丹村附近，由于王箐大悬岩绝壁的阻隔，江水改向，流出三百余米后，又被丹拉大山挡住去路，只好再次调头向东急转，形成了一个半圆形大湾。

拍过第一湾的全景，已是傍晚时分。韩逍举目远眺，银装素裹的嘎瓦噶普雪山被霞光渲染，好似一条金色巨龙腾空跃起，巍峨苍郁的高山张开臂膀，从四面将它环抱；两条菁河如洁白的哈达，飘在她的胸前；而怒江俨然就是一位激昂的男低音歌手在他们的脚下高唱。

韩逍几番人世感慨，于暮色苍茫中原路而返。

晚上，他特意去拜访了一下重丁村赫赫有名的天主教堂管理人——丁大妈。她开设了一家规模不小的家庭旅馆，在田壮壮的影片里也记录了她的故事。闻名不如一见，丁大妈精神矍铄、勤劳健朗，浑身透着一股果敢又睿智的神韵。只是与她的简单交流，便让韩逍深有感悟——原来一段段动人的生命历程，藏在雪白发丝间、刻在沟壑深纹间。耄耋之年人家尚且有梦爱追梦，风华正茂的少年、活力无限的青年、当打之年的中年，还有什么理由再蹉跎呢？

转过天来，韩逍开车往峡谷深处的四季桶、秋那桶两个村寨进发。

本来褚遥所在的雾里村也在这条路线上，他应该可以独自步行穿过栈道到达那里，但一想到次日便能见面，他生生把这个欲望压了下去。

清晨的丙中洛，静谧如画，仿佛不食人间烟火的仙境蓬莱。车子开出镇中街时，韩道有种极不真实的错觉，就仿佛穿过自己的梦境，实不忍让车声打破雾气蒸腾的安宁。

走了一段，他眼前好像出现了一片海市蜃楼。

远远的青山脚下，斜躺着一片黄绿绒毯般的平坝，上面零星点缀着十几幢农舍。青黑的轮廓玲珑精巧，隐约的阡陌间麦田金黄，那不经意升起的炊烟与山岚彼此呼应，恰到好处地朦胧怒江的完美曲线。幽幽远远、缥缥缈缈，那不是人间的伊甸园又是什么？

毋庸置疑，这一定是雾里村！

韩道停下车，静静地远望恬静怡然的美景。毫无造作而又浑然天成，这不正是褚遥身上那种深深吸引着他的气质么？关于那晚的诸多美好遐想再次浮现，无论如何都不能抹去。

自己是不是疯了，怎会如此迷恋一份虚无缥缈、难有归属的情感呢？你在山的另一边，听到我的歌吗？许久之后，韩道对这份莫名的痴狂摇了摇头，慢慢地回过身，发动了车子。

地势越来越险峭，道路却变得愈发狭窄而糟糕。这里的很多路面都是用巨木烂石碎渣垫起来的，被山上的瀑布溪水几番肆无忌惮地冲刷之后，早已惨不忍睹。车子经过时就如醉汉一般东倒西歪，韩道在颠簸中也有点战战兢兢起来。

双手紧握方向盘，放慢车速，仔细观察路况，再不敢怠慢。一次遇到会车，两边都收了反光镜才勉强蹭过。当时，韩道的左侧车轮距悬崖不足十公分，身经百战的他也被惊出一身冷汗。

快到秋那桶村的地方是一个三岔路口，向右上山是秋那桶，而直行的碎石路则是通往西藏察隅——著名的丙察察线路。这里的交通基本是靠天吃饭时断时续，路况非常复杂，就算通畅的季节也只有越野车能勉强通过。

韩道把车停在一家农户门前的空地上，和主人打过招呼，徒步进入秋那桶——一个没有被开发过的原始小村寨。

被森林环抱的秋那桶村，淳朴安详。高大的核桃树下，落满了黑色毛茸茸的野核桃；路旁茂盛的花椒树，正孜孜不倦地散发着独特的芬芳。抬头远望，半山腰有老乡正在耕种，密匝匝的灌木草丛里还有时隐时现的牛羊。韩道举着相机不停地按下快门，几乎是一步一扫射的密度。

村中央的小教堂比较简陋，这天不是周日，所以门关着。村里的民居都是片石瓦顶的吊脚木屋，黑木房、篱笆墙、老牛车，整个村子都散发着自然、古朴的味道。

韩道走进了一户人家，主人很亲切地上前招呼他。他们的话虽然听不太懂，但仍是和蔼可亲的样子。院子里，母鸡带着一群小鸡正在屋后啄食，公鸡跳在护栏上张望，扭动脖颈紧张地观察这个不速之客。一只小花猫伏在门口的木栏杆上，旁若无人慵懒地晒着太阳。就在韩道肆无忌惮地这拍那拍的时候，家里那条大灰狗在主人的呵斥下，渐渐失去了耐心，终于叫嚷着跑上来咬住了韩道的裤脚。好在家中的小女孩及时赶到，不然后果真的不敢想象。

或许是言语不通的缘故，小女孩显得不爱讲话，无论韩道问什么都没有答案。直到他举起相机，做了个想不想拍照的邀请，小女孩才羞怯地点了点头。

离开村子时，韩逍把包里带的零食全都掏了出来，并承诺一定会把照片洗好寄回来，小女孩开心地笑了。她会是褚老师的学生吗？

离开滇藏边境的秋那桶村，已过午后。老天似乎故意来帮倒忙，韩逍刚准备返程，便开始下雨。下山的路被雨水淋过，比来路更为湿滑难行，韩逍正小心翼翼地驾车往回走，突然，左侧的山上有零零碎碎的落石滑下，这又是一段无法停车的狭窄下坡路，右侧就是悬崖。

韩逍一刻不敢迟疑，快速转动方向盘躲避落石，并尽力闪避着路上的各种障碍，试图疾行通过。好几次，不得不硬着头皮高速跨越沟渠，结果却狠狠地磕了几下底盘。

总算从险象环生的山路来到柏油路上，韩逍才敢停下车，检查车底。结果，最不愿看到的状况发生了！

变速箱被撞漏了，正在漏油！

这下完了……

韩逍咬牙跺脚，气急败坏地围着车来回兜圈，口中暗骂："你大爷的！"

明天怎么办？褚遥和扎姆朵儿就要跟他回合。车坏了，怎么一起去独龙江？怎么会在这节骨眼儿上出岔子？

难道，这趟旅程就此彻底报销了不成？

Charpter 5

今生的爱情故事不会再改变

不管你对另一半有多失望，你都没有理由抱怨当初看错了人。你爱上的其实不是对方，而是你自己以往的品性和对未来的选择，所以，爱情的小名儿就该叫希望。

何奎凌晨五点钟准时赶到了德拉姆门口。

韩逍与他约好五点一刻出发，去接褚遥和扎姆朵儿。

这一夜，韩逍几乎就没睡踏实，坏了车的沮丧心情，马上可以见到褚遥的兴奋，掺杂在一起，生物钟有点不听使唤。

昨天下午，是“蚂蟥嫂”帮韩逍打的求救电话，并找到了何奎。他立即从贡山县城开车来到丙中洛，先把韩逍的坏车拖到修理厂，经过检测，除了变速箱和底盘磕漏外，一个点火总成、几处电路保险也有问题。县城的修理厂根本没有这类的配件，只有等着从昆明发货。

自驾游却不能自己再开车，可把韩逍给郁闷坏了。幸好，何奎说他可以载他们走这一遭。

老何是云南永胜人，四十岁左右，身材不高，敦厚老实，话不多但句句精辟。他在当地跑车已经快二十年了，前年刚买了一辆越野车，开始专门跑贡山至独龙江的旅游客运。

本来，韩逍是希望租何奎的车自己来开，充其量让他在旁做个向导。谁知何奎态度十分坚决，租车可以，但绝不让别人开，加多少钱也不好使。韩逍为此气得够呛，可眼瞅人家一副毫不容情的严肃态度，只好作罢。再看何奎那辆“宝贝座驾”，更是一副“萌萌哒”的蠢相，这家伙车顶的行李架上竟然整整齐齐码了三个备胎！

“何老大，您可真行！咱到独龙江不过百十来公里的路程，您犯得着带上仨备胎嘛？”

“嘿嘿，天不人遂心，路不随人愿，有备无患，有备无患！”何奎看似憨憨的回答里，大有气象万千之感。

“好嘞，今儿个我就好好跟您学学越野！”韩逍边开着玩笑边上了车，暗里却带着几分不服。

刚过六点，车子便开到了雾里村外的栈道路口。韩逍下了车，走上栈道，转过一个急转的山崖，向远方不住眺望。这时，一双嫩滑的小手突然从后面捂住了他的眼睛，隐约还有吃吃的低笑声。

“不许动！”

“啊……大王饶命！去西天取经的和尚已经过去了，我的肉可不好吃啊！”韩逍早猜到是扎姆朵儿，但故作不知地逗她。

“你才妖精呢！快猜猜我是谁！”

“嗯……我猜，我猜……我猜猜猜！”韩逍假装摸索几下，趁机拽住姑娘的一只胳膊，随即一个转身，揽过对方的腰肢，紧接着把她横着举过头顶，还原地转了三圈。

“哎呀，你可真坏！韩哥哥，快放我下来！姐姐，救命啊！！！”扎姆朵儿被他这么一整，猝不及防，连打带笑求了饶。

韩逍放下顽皮的小妹，便看到坐在旁边一块大石头后面的褚遥，一样笑得花枝乱颤。

她今天换了一件白色的尼龙绸运动夹克，头发用一个黑色的发夹扎了起来，米色裤子，白球鞋，背着一个帆布的双肩包，一贯的素净、清新，远远的就让人眼前一亮。

扎姆朵儿则不同，一看就是悉心化了妆的，眉眼细致，粉嫩如花。上身换了件翠绿色的户外冲锋衣，下身一条牛仔裤配一双粉色旅游鞋，与两天前的民族装扮相比，简直像变了个人，浑身溢满青春少女那娇俏可爱的气息。

“你咋没开自己车来？”褚遥走上前有些诧异地问。

“别提了，昨天路上出了点儿状况，正修着……来吧，姑娘们！上车，咱们边走边聊。”

“好哦，出发喽！”扎姆朵儿显然是一门心思想着玩耍，兴高采烈地拉着褚遥钻进车里。

进山前，何奎先路过县城把油加满，还打了两大塑料桶备用，又把车子的四个轮胎和周身上下仔细检查了一遍。

四个人一起到小吃店吃了早餐，才精神抖擞的上路了。

独龙江就像大峡谷深处隐藏的一间密室。

它是云南西北部与缅甸交界的边境上一个鲜为人知的角落，可谓真正的世外桃源。东岸的高黎贡山屏蔽了通往外界的通道，西岸的担当力卡山则是中缅国境线上的天然屏障。这里一年中会有大半年的封山期，外面的人进不来，里面的也出不去，而剩下的日子里又基本处于雨季。

这里是“野生植物天然博物馆”，是我国原始生态保存最完整的区域之一。还居住着华夏最古老而封闭的民族——独龙族，何奎就是一个地道的“独龙族女婿”。

从贡山县通往那里有两条路，其中一条老路，修建于二十世纪六十年代，是过去马帮和挑夫走的人马驿道，要穿越原始森林，翻越海拔三千八百四十二米的南磨王山垭口，最后抵达独龙江乡巴坡村。在此之前曾有一部纪录片《最后的马帮》里说到的就是这条路。

另一条新路是 1999 年底通车的独龙江公路，中间需翻越海拔三千三百八十米的黑普布洛垭口。但因为地质复杂降水频繁，这条“公路”常年塌方、滑坡不断，中间还要经过常年不化的积雪带。虽说是全长不过九十六公里，却只有性能优越的越野车才敢进入。如果一切顺利的话，抵达独龙江乡政府孔当，最快也要六个小时左右。

关于这里进山的危险性，韩逍已经从无数攻略帖子中有所获悉。独龙江孔当南线从马库开始，中国边防军拒绝车马通行，有些地方甚至时不时就有缅甸人翻山过来闹事；而且诸多路线都隶属于必须徒步的范畴，只能依赖当地的向导带路。更可怕的当然是蚂蟥。这可不是指“德拉姆”的老板，而是真正的吸血动物——蚂蟥。

凡是去过独龙江的人，大概都会对无孔不入的蚂蟥心有余悸。此地常年阴雨绵绵，一年日照时间不超过一千小时，潮湿多雨，就成了蚂蟥的天下。路边的草丛里，乱石遍布的地面，随时都有这咖啡色的“吸血鬼”虎视眈眈。因此，全身扎紧严防死守是第一要诀。

进山的路开始还算好走。他们沿着独龙江山口上行，山涧清澈的溪水潺潺而下。转过几个山口，植被开始凸显原始的繁茂，三四个人才能合抱过来的巨大树木随处可见。

走到这，大家不约而同地开始讨论，一旦遭遇蚂蟥攻击该如何处理。

“像这样，呸，呸，呸！向掌心吐口水，朝蚂蟥身上狂拍，很快就会把它们震落。呵呵，蚂蟥也是有洁癖的哦！”扎姆朵儿是永远的乐天派。

“被蚂蟥吸附后，方法的确很多，用烟头烫或者撒盐，但千万不能用手拽，那样很可能把蚂蟥的吸盘留在皮肤里，容易发炎。”何奎仍是没有半句废话。

好在他们来的这时候正逢雨季刚过封山前夕，蚂蟥已经少了很多，加之过蚂蟥区时大家都在相对密封的车内，所遭遇的威胁基本降至最低。饶是如此，中途下车休息时，褚遥还是帮韩道从冲锋衣里逮下的一只。“说说吧，你的肉到底好不好吃？”扎姆揶揄道。

接下来的行程，让韩道终于理解了何奎为何执意自己开车的理由。

所谓公路，不过是环山凿出来的砂石土路，有些地段杂草遮挡根本看不到路面在何方。更有甚者居然是紧邻悬崖，车子只能擦着峭壁缓缓行进。何奎不愧是个中老手，如此险境重重，他仍能保持一副举重若轻的淡定表情，边开车还能简单回答着韩道每个好奇的问题。

何奎的国产越野车比起韩道的进口大改装，在性能上本就有相当大的差距，但游走于这条艰难又刺激的山路上，却丝毫不显得落于下风。韩道仔细观察了何奎的驾驶动作，好几个十分考验技术的路段，都被人家干净利落的几个动作顺利通过，这也正应了他们玩越野车人的那句经典名言：“没有怂车，只有怂人！”

不过，纵然是有如此的技术和谨慎，状况还是不可避免地发生。上山才不过三十多公里，四驱锁卡头就报废一次，昨天刚换上的新胎也扎破了一只。韩逍和褚遥开始担忧后面大半程的时候，扎姆朵儿依然上蹿下跳保持着兴奋。一遇到出状况，何奎停车下去检修，她便兴高采烈地拉着哥哥姐姐照相、摘花，全然一副天不怕地不怕的神情。

老何见韩逍和褚遥有郁闷升级的倾向，主动安慰道："这条路我光今年就走了二十一趟了，每次都扎破一个胎，没得事，嘿嘿。"

"那就是二十一胎！靠，这是进山还要纳礼不成？"韩逍有点暴汗。

"只有一次，是去年初吧，扎了两条，所以我每回都带三条来！"

"何大哥，我说你的技术行不行啊？还是让我们韩哥哥来开好啦！"

"哎，这有什么办法？外面的路，像昆明的姑娘，一年四季平和如春；这里的路，像丙中洛的姑娘，动不动就搞点小状况，让人颠簸难受哦！"

"哼！你讨厌！"

"哈哈哈……"韩逍和褚遥都被老何的憨直与睿智逗得笑出起来。

能在这个神秘的谷地欣赏每一片云的诞生、成长、融合，直至消散的变幻过程，整个行程还是乐趣横生的。

路程过半时，前方道路出现塌方。一处拐弯的路基硬生生陷下了一大半，几十位修路工人正在那里紧张的施工，进山的车辆和徒步的山民都被阻在这里等候。看情形，工人们需要把上方的山体爆破，利用炸下来的土方填平缺口。

此时已过正午，没办法，只好就地吃午饭了。

韩逍的整套户外装备终于派上了大用场。他找了块平地铺上防潮垫，将包里的瓦斯炉、户外野营炊具、水壶、茶具啥的排开，便携保温箱里还有从北京出发时买的方便食品、各种调料，甚至还有早上出发时从镇上买的新鲜蔬菜。

扎姆朵儿站在一旁，带着惊奇的目光看韩哥哥摆弄这些玩意。

韩逍忍不住逗她说：“这太小儿科啦！我的最佳损友之一飞飞，他有一辆房车——就是给住宅安上四个会跑的轮子！甭管衣食住行吃喝拉撒都能在飞奔中搞定，那才叫过瘾！”

“切，又想骗我”！

褚遥似乎已经见怪不怪了，主动来帮忙烧水做饭，老何见插不上什么手，索性点了支烟和修路工人攀谈去了。

韩逍拿出一副行家里手的架势，把用具迅速组装妥当，一本正经地道：“二位姑娘，欢迎光临独龙江韩式料理，本店提供各类炒菜、火锅、米饭、面条，煎炒烹炸，丰俭由人，货真价实，童叟无欺，不管二位是打尖还是住店，我们一定保证周到服务包您满意！”

“嗯，不错！店家，熟牛肉，好的切二三斤来吃酒！”见他如此，褚遥终于也幽默了一把。

“二位，这是要上山打虎的节奏吗？”

“哈哈，先喝十八碗再说！对了，酒呢，酒呢？”扎姆朵儿也跟着顽皮耍笑。

“嗨！客官，您还真来着了，咱这儿还真有上好的法国货！”韩逍想起来时在茨中买的红酒，这次进山还真特意灌了一大可乐瓶子。

“哇！韩哥哥你太棒了，你一定是机器猫多拉爱梦的表亲！”扎姆朵儿顿时发自肺腑地投来崇拜。只见她围着简易灶台蹦蹦跳跳，不时还含情脉脉地盯着韩逍，就像要试试自己的眼珠和口水哪个先掉下来似的。褚遥见状，有意“识趣”地拿起餐具跑去不远处的溪水边冲洗。

二十岁的扎姆朵儿，正是情窦初开的时候，从小在山中长大的她心思单纯又热烈。褚遥回来之前，扎姆朵儿就像她们山寨里的女王，号令一众年轻小伙子听候调遣，然而，大山外面的世界总在无时无刻地呼唤她躁动的心。褚遥的到来，给她这只笼中的小鸟打开了闸门。从姐姐身上，她学到了很多东西，城市人们的学习、工作、生活、游戏、爱好，还有感情……

眼前这个活生生的韩哥哥，举手投足、一颦一笑都让她心花绽放。更何况，少数民族姑娘对心上人表示爱的方式本来就大胆直接，因此，她对韩逍表现什么样都不足为奇。

说起来，韩逍也算是善于逢场作戏的情场老手，但此刻被炙烤于扎姆朵儿的热辣目光中，浪子的心却被浓郁的负罪感所笼罩。他甚至无限渴望躲开的褚遥能回身帮自己解围。在这个清纯女子面前，曾经熟稔的泡妞伎俩显然都变得不值一提。

去也终须去，住也如何住，顺其自然吧！韩逍暗自开导自个儿，没多大工夫就利用现有的食材搞出来几样色香味俱佳的小菜，锅里还煮着青菜鸡蛋面，再配上袋装的花生、熟食等，洋洋洒洒也铺了一地。此等环境下，还能变出如此一席野宴，简直太赞了！

喊过何奎，四人席地而坐开始用餐。

韩逍给每人的纸杯里都斟上红酒，端起杯子说：“来！为我们今天共上一条贼船干一杯！打现在开始咱四个就算是同生共死、相濡以沫了，请大家多多关照哈！”

褚遥和扎姆朵儿都笑着举起酒杯响应，何奎犹豫片刻，不无遗憾地说了句:“开车的还是不要喝了吧！”

“那多吃菜，多吃菜，尝尝我的手艺如何？”韩道殷勤地招呼大家。

“呜哇，比我阿妈炒得还有味道！”扎姆朵儿雀跃着大赞特赞。

何奎夹了块儿熏肉炒笋，一边嚼一边竖起大拇指，略去了口头表扬的环节。

褚遥也每样尝了一点儿，同样没多说话，但一句“还不错”，已胜过了万语千言。

褚遥总是有意无意地躲闪，让韩道颇感失落。

他不知道褚遥自从那天晚上的“同心酒”后，她便已非常明白扎姆朵儿的心意。

那晚，韩道喝醉后，扎姆朵儿想把他拖回自家的竹楼。后来褚遥跟上去帮她把韩道扶到了自己曾经住过的房间。

扎姆朵儿借着酒劲一直搂着韩道不撒手，褚遥见情势难堪，赶紧去叫过阿纳姆姨妈才将醉眼迷离的扎姆拖回去。褚遥将韩道安置妥当，正要离开，突然被半梦半醒的韩道紧紧拉住她的手，口中喃喃地说:“别走……我喜欢你……”

褚遥以为，那是他醉中对扎姆朵儿说的话，忙不迭掰开他的手，惊慌失措地逃出屋子。

在雾里村的那两天，褚遥眼瞅着扎姆朵儿整日魂不守舍，百爪挠心地盼着早点儿见到韩道。其实，褚遥自己又何尝没有一点动心，只是隐忍不愿表达罢了。她欣赏韩道的热心助人、风趣幽默，还有他身上说不出的那种放浪气质。尤其是那天救人时他表现出的果断和临危不乱，酒席上的谦逊和善良，都让褚遥尘封已久的心荡起了波澜。二人共饮同心酒那一刻，她能感觉到韩道的羞涩与木讷，肌肤相亲的一瞬她整个人都像从云际坠落一般，心绪久久难平。

不过，褚遥是倔强的，她不会被感情轻易蛊惑，最重要的是，她不忍夺去妹妹扎姆朵儿的爱情。于是，她不停地告诫自己："这是不可能的！他是不属于你的！"

"来！这第二杯，我敬技艺精湛有备无患的何师傅！感谢您，这一路太辛苦哈！"韩道得到褚遥点头赞赏，内心备受鼓舞。

"别，别，你们也少喝，一会儿还赶路呢。"何奎屡屡被夸奖显得有些不好意思。

"何师傅，不能喝酒，那得给我们讲讲您在独龙江的故事吧？"褚遥终于搭了腔。

来时路上，何奎提到过他老婆是独龙族的，带三个孩子就住在孔当。

"嘿嘿，没得啥子好讲的……"

"不行不行！一定要一定要！"扎姆朵儿也好奇地叫嚷道。

"何师傅，您就给我们讲讲嘛……"韩道也对这个话题很感兴趣。

何奎也不是那种闷葫芦，又吞下一口菜，便打开了话匣子："我没啥子文化，朗格讲嘛！呵呵……我原来不是在这里跑车嘛，那时年轻，路也比现在难走得多，每次进山都住在我老婆家隔壁的供销社，她那时总给我煮饭吃，我呢，有时会从外面带些糖果啥的新鲜物给她……你们不晓得，我老婆比我小很多，她那时也就 15 岁，我那时真是把她当小孩子，哪里想会成两口子！

“有一次我进山，车子就在前面的哑口那儿坏掉了。山上夜里冷得很，实在没得办法，只好把车放那里往寨子里走。你们以为独龙江最可怕的是蚂蟥吗？才不是呢，是野兽和毒蛇！我就是在路上被毒蛇咬了一口。如果停在那儿，不被冻死也会被野兽吃了，我就拼命往回跑，坚持没多远，就毒性发作不行啦……

“真是该着我命大，被个上山采药的独龙族村民发现了，他帮我吸出伤口的毒血，一路把我背回了孔当。我老婆知道后就跑过来一步不离的伺候着，我高烧不退，她也不知听谁说酒精是可以降温的，就把家里存的酒都拿出来帮我擦身体降温。家里的酒全用完了，就去别人家借，去供销社赊账，谢天谢地，我这总算从鬼门关回来了……

“那时生活条件差得很，酒绝对是非常金贵的东西，她阿爸又是个酒鬼，发现就酒没了，把她打得半死……”

“那后来呢？”扎姆朵儿听得入迷，急忙抢问。

何奎点上了一支烟，慢条斯理地讲道：“我病好了，做的第一件事就是拉了一车酒去她家提亲！”

“哈哈！纯爷们！！”韩逍终于也忍不住冲何奎竖起大拇指。他甚至开始相信，“今生的爱情故事不会再改变”不是句简单的歌词。

“再后来呢？”褚遥又问。

“再……后来就入洞房，生孩子了呗，呵呵。”何奎憨憨地回答，听得褚遥满脸涨红。“我们有三个男娃，还想添个女娃，所以我必须还得跑车。虽然是又苦又累又危险，这过日子不就求个奔头嘛！每年封山的半年我都在外面跑活儿，开山期间才能借着拉客人进来和老婆孩子团聚。再过几年，这条路会越修越好，也许就不用封山了；或者我还能多挣些钱，把她们都接出大山……外面的世界多好啊，像韩老师这么有水平有文化……”何奎说得有些动情，最后的憧憬让听的人无限憧憬。

“能有人这样对我就好了！”扎姆朵儿向何奎敬酒，眼睛却盯着韩道。

“反正吧，我是觉得，不管你对另一半有多失望，你都没有理由抱怨当初看错了人。你爱上的其实不是对方，而是你自己以往的品性和对未来的选择，所以，爱情的小名儿就该叫希望。”何奎的一番总结，像个纯正的哲人。

用罢野餐，褚遥和扎姆朵儿将盆碗收拾干净。前面的路面也已基本填好，四人继续上路。

翻过垭口隧道，山的西侧就是独龙江流域。随着海拔上升，樟树类的阔叶树木不见了，代之高大的杉树林，景色也变得疏落有致。

听何奎讲，这里的铁杉、土杉、红豆杉，是独龙江仅存的活化石级别的树种。这些树生长了近千年的历史，粗大的树干中还有可以藏人的树洞，开山时被当地的猎人当作遮风避雨的树屋，大雪封山时，它也是棕熊、虎豹等野生动物的栖身之所。

到达海拔大约三千九百米的垭口，韩道从车窗向下望去，山腰间一片云海，雾气缭绕，美呆了。抬头就能看到白皑皑的雪峰，路面上甚至还有厚厚的积雪，而不远处向阳的山坡上，还有大片大片的红色杜鹃花，蔓延开放。

下山的时候，森林更加茂密。原始丛林中，黑雾弥漫，树干上裹满了毛茸茸的苔藓、布衣类植物，很像熊的肢体，徒然让人感觉好似进入阴森森的童话世界。

总算来到了独龙族村寨。这段与世隔绝的旅程即将开始，面对眼前两个各怀心事，又不同感觉的纯真女子，未来的几天该会发生些什么呢？

Charpter 6

为何总是这样，在我心中深藏着你

在他们看来，除了藐视约定俗成的勇气之外，还必须学会战胜内心的软弱与现实的安逸。有太多骄傲无知的现代人，骨子里的冲动已经被物质驯化了，注定只能对着“在路上”的条幅来虚度光阴。

颇具阳刚气质的马克·吐温曾总结说：与某人旅行，是发现你究竟是喜欢此人还是讨厌此人的最好的方法。

这一程独龙江之旅，让韩道和褚遥都相信了这位长者的观点。在韩道眼中，褚遥就犹如一颗向着太阳生长的向日葵，不忧伤，不焦躁，时刻坚强向上。而褚遥也发现了某条真理，原来内心总是要比理智先一步做出反应。当你在犹豫是否有可能会喜欢上一个人的时候，其实早已把心交了出去了。唯独扎姆朵儿变得郁郁寡欢。

花呀，你灼伤了我的眼，

我的心呀

碎成一瓣儿，一瓣儿，

从此后不去想

天堂有多远！

独龙族村寨的夜晚。微暗的火光掩饰不住扎姆朵儿眼眸里的伤感，她是那么喜欢韩哥哥，也分明感觉到他并不讨厌自己，可为什么就不肯承认，不能热烈一点呢？

扎姆朵儿的歌声透过木窗蔓延出来，慢悠悠地淹没在万籁俱寂、黑黢黢的原始村落里。酒已经冷了，褚遥的脚步声从外面越传越近。

只不过十几分钟的时间，扎姆朵儿仍没有放过这次难得与韩逍独处的好时机，她大胆地问出了心里一直想问的话。答案呢，竟然是满脸尴尬的笑容！一直被追求从未被拒绝的扎姆朵儿怔住了，心也犹如被针刺一般疼痛。她很想追问个明白，可韩逍还是用了天下男人最标配的拒绝辞令："我承认很喜欢你，但我只是把你当作小妹妹……"

于是，扎姆朵儿从身后抱住了韩逍，低声唱起了这首忧伤的情歌。

木门被推开了。

褚遥缩着脖子笑吟吟地说："外面好冷，你们俩谁要想去厕所一定要披上件衣服才行。"

"嗯，嗯。"韩逍极不自然地点着头。

扎姆朵儿已经坐回原位，不再言声。褚遥能感觉到气氛有些微妙的变化，刚刚还是其乐融融的喝酒神侃，这会一下子变得沉默不语了。有那么几秒钟，屋子里的空气都被某种心理作用搅和得吱嘎作响，难以流通。

“要不，我们还是早点休息吧？”褚遥看了一眼扎姆朵儿，又看了一眼韩逍，喃喃地说。

“行，你们早点休息，明天我们一起拜访一下这里的长辈怎么样？”

“好，你是不是想找到那些独龙族文面的阿婆？”褚遥故意若无其事地调结这房间里的空气浓度。

“是啊，是啊，我早就听说过，还真没有亲眼见过呢！”

“我们也很少能见到！”扎姆朵儿总算搭了句腔。

“姑娘们，晚安吧。”韩逍站起身舒一口气，便从感情的绞架上逃了出来。

何奎去跟妻儿团聚了。他提前帮韩逍和两个姑娘安排了寨子里的农户家住宿。韩逍很想找个机会把自己内心对褚遥的感觉说出来，可是三人举杯畅饮整整半个晚上，他也没有得到任何灵感启示，他有点默默跟自己怄气，憋在他胸口的那一团乱麻似的爱慕的话，都快要爆炸了。

可扎姆朵儿的天真烂漫他又该如何抵挡？他就像个自不量力的小丑总想充当救世主一样，左右上下地权衡着，连圣人都难以把握的芸芸之道——他既不想伤害一颗纯真热烈的情意，又不想违背自己另有所向的本心。这简直就是哈姆雷特所面临的难题，让人夜不能寐。想必上帝一贯擅长“你爱他，他爱她”的灰色幽默。

第二天清晨，韩逍虔诚地祈求漫天神佛保佑，能在姑娘们面前拨开云日见“晴天”。也许真有某个宗教的神明听到了这番内心告白，不漏声色地拉了他一把。这不，跟姑娘们一起去拜访纹面独龙女的时候，昨晚的尴尬似乎烟消云散了。

在独龙河谷里，男子是不文面的，而女孩子长到十二三岁，就需要文面。先用竹签蘸上锅底的烟灰，在眉心、鼻梁、脸颊和嘴的四周描好纹形，然后请人一手持竹钎，一手拿拍针棒沿纹路打刺。每刺一针，即将血水擦去，马上敷上锅烟灰汗，过三五天，创口脱痂，皮肉上就呈现出青蓝色的斑痕，成了永远也擦洗不掉的面纹。

女人文面是独龙族一个奇异的习俗，而且由来已久。《新唐书》中称之为“文面濮”，《南诏野史》更是以“绣面部落”来称呼独龙族。至于为什么要文面，至今还没有严格意义上的确切解释。有的说是为了防止被外来民族抢去；有的说是为了好看；有的说是为了死后能与灵魂相认。还有一种说法与原始图腾崇拜有关——在独龙族的信仰中人死后的亡魂“阿细”会化成各色蝴蝶飞向苍天。

韩道拍到了村子里仅剩的几位文面的阿婆，还听褚遥跟她们聊起了很多过往的故事。或轰轰烈烈、生死相依，或平凡无奇、累月经年，但她们的过往生在这个世外桃源，也销匿于此，听来令人感慨万千。人的一生想必真如活佛所言：好不好只有自己知道，乐不乐只有自己明白。好不好都不必遗憾，乐不乐都不要失望，过得好是精彩，过不好是经历。只要你尽心用情，就不必遗憾。

当然，韩道仍在试着寻找契机，想单独对褚遥倾诉一下。可能因为找这个时机找得过分认真，他一度怀疑机会真出现了，自己反而不知道到底该说些什么。

万幸得是，机会就如同顽皮的兔子，只要守住了树桩，它终会撞过来的。

从独龙族村寨返程，经过著名的“神田”。尊为神田，其实是一块田丘般的湿地。前后是险峻的峡谷，两边是茂密的竹林，中间的湿地上有发黄发红的野草，甚是漂亮。韩道看到如此美丽的景致，禁不住想拍下来。他建议何奎停下车，等他下到远离路基的山坡上去拍几张照片。

韩道问褚遥要不要同去，褚遥点头答应了。扎姆朵儿没等到邀请，有些失落地撅起了嘴。不过，有过前晚的经验，她害怕再被韩道当面拒绝，所以迟疑片刻，没有主动跳脚跟上来。

韩道和褚遥一前一后踉跄来到"神田"的最佳拍摄点，回头一望，不知不觉已离开路很远，车被头顶的草木遮挡，看不见踪影。

韩道脑际灵光一闪。他回身站稳，不容迟疑地问道："褚老师，怎么感觉你总是对我有些意见啊？"

"啊？"褚遥被一问，稍有讶异地抬头盯着他。

"有没有？该不是我自作多情了吧……"韩道寓意颇深地追问道。

"呵，我对你可没意见！"褚遥扑哧一声笑出来。她仿佛触到了某种暗示，可还是假作镇定地掩饰过去。

"没意见就好！那怎么一直有意躲着我？"

"你是债主不成？我干吗要躲你？"

"那个……没有就好，没有就好，这下我可放心了……"韩道舌头突然有点不听使唤，真的不知道往下该怎么说了。

"要不要给我拍一张？让老师瞧瞧你的摄影技术怎么样？"褚遥微微扬起头，又往前稍走了两步，面对韩道站住，露出清雅秀丽的笑容。她准备好了，可韩道还在走神恨自己嘴拙。

"行嘞！我可是骨灰级摄友，包，您，满……意！"韩道举起相机，一脑二用继续挖空心思。

“哦？是吗！来试试再说！”

透过镜头，一张美若雏菊的脸庞在阳光的映照下，失真般的恍惚不定。她身后的“神田”如同梵高笔下的油彩，兀自组成了浓淡相宜的流畅色块，粼粼闪着微光，山风蘸着薄雾，在上空帮忙轻轻地匀染。

韩逍的思维被揪入镜头中，无法自拔，久久的，按快门的手指忘了时间。

“快点啊，好了没？哎……啊！”褚遥边张口敦促，边换姿势的当口差点失足跌倒。

韩逍本能地抢上前去，把歪倒的褚遥一把搂在怀里：“小心！”

“哎哟！”韩逍情急之下抱得过紧，褚遥被他挂在前胸的相机硌到，疼得轻叫一声。

他这才歉意地松了松手，“哦，对不起，你没事吧？”

“嗯，没事，谢谢。”

韩逍扶着褚遥的腰，确定她站稳后才不好意思地笑了笑。这时的褚遥，双颊绯红，心跳猛然间好像消失了。

而韩逍却恰恰相反，胸口鼓雷般的心跳怦怦乱响，真真切切地传入褚遥仅仅两拳间隔的耳朵里。这让她更加心慌意乱起来。

四周的草木被这两个拥抱在一起的人吓住了，从悄无声息渐渐变得躁动不安，唏嘘不止。

“那个……呃……”

“我没事……嗯……”

他和她同时结巴起来，紧张得有点滑稽。又因为两人同时发现了对方的紧张，他们竟像情侣一般更加手足无措。

“朵儿很喜欢你……”褚遥低下头，喃喃地说道。

“我知道，可是，我……妹妹……”韩道急着抢断话，却又不知怎么解释。

“嗯，我也知道，所以，我们……”

“那天我喝醉了，在扎姆朵儿家，我有没有……”韩道拼命想弄明白一些略有担忧的事，可又不敢直接问，说话吞吞吐吐。

“那天？哦，当然没有啦，是我看着你睡下的……扎姆朵儿她……”

“哦，那就好，那就好……”韩道听了如释重负，他终于澄清了自己无罪的事实。于是，鼓足了勇气说：“褚遥，其实我……”

“姐姐！你们！”就在这时，扎姆朵儿的喊声从身后传来。

两人同时转头，看到扎姆朵儿转身愤愤地回去了。褚遥也默不作声地跟了上去。韩道刚刚脑子里浮起想吻她的冲动，像一个五彩斑斓的肥皂泡瞬间破灭了。

回程的路上，三人都没讲话。只有何奎在滔滔不绝地说着和老婆儿女团聚的事。

当然，现实世界中不可能总是晴空万里，还有个扫兴的单词叫作好景不长。

他们的车子刚驶离独龙族村寨，何奎便接到了“蚂蟥嫂”的电话，说是一大早就有好几拨人打来电话找韩道，因为他总是关机，万分着急中想到能否在“德拉姆”客栈碰碰运气。如果能联系到韩道，请他务必保持手机畅通……才一会儿，佳娴的电话就打了过来：订单出了状况，项目不能如期开展，韩道必须马上回京处理！

没辙，撤吧！即使有满腹的恼火和遗憾，也只剩下匆匆道别——毕竟还有十几口子人跟自己打江山呢。原打算是把褚遥和扎姆朵儿送回去，再继续向“丙察察”进发。这下计划全盘泡汤，两位姑娘的归程也只好拜托何奎了。

但韩道毕竟不是乖乖虎，他推掉了由北京预定好的机票，去把修好的车开了回来。飞驰北归在高速公路上，大脑像车轮一样进入机械化旋转，心被掏得越来越空……

怒江州距离北京三千多公里，通常至少要开四五天的路程，韩道只用了近四十个小时——这绝对不是归心似箭，而是因为某个让他一直捉摸不定、却又想留下继续寻找机会亲近女人。他把对自己的满腔负气酿成了疯狂的远离，仿佛走得越快越远，才能把她遗忘。

另一边，佳娴自打知道韩道已经返程，态度悄然来了个 180 度的大转弯。恨不得隔两个小时就打一次电话，不是叮嘱安全就是嘘寒问暖。就差让韩道感觉到因为她的不懈努力，整个北京城都在深秋季节突然变得温暖如春了！

“亲爱的，到哪儿了？”离进城差不多五十公里时，韩道又接到佳娴的电话。

“过高碑店了。”

“哇！好快啊！终于能马上见到你了……是不是也想我了？”

“呃……你猜？”韩道不知道说什么，心里空得找不出一句合适的对白。可这些不都是他原来已经习惯的么？为何现在觉得如此诡异？他说不清。

“呵呵，你猜我猜不猜？”

“……”

“想！必须想！”佳娴见他沉默不答，只好自己给我自己打了圆场。

“好吧，就算回答正确。对了，你在哪儿？我先回趟公司，然后去找你？”唉，要命的妥协，又一次妥协。

“你走的京石高速吧？”佳娴反问道。

“是啊，怎么了？”

“快到收费站就打电话给我吧，到时再告诉你。”

“淘气！又故弄玄虚是吧？”韩道不知道佳娴又在搞什么名堂，却也拿她没办法，索性听天由命吧。

过了杜家坎进京收费站，韩道拿起手机刚要拨佳娴的电话，对方却打了过来。

“喂，正要给你打呢……”

“你怎么不听话呀？不是让你快到收费站就告诉我吗？”佳娴嗔怪。

“我就是刚到啊！你怎么知道我到了？”

“哼！我早给你装了卫星定位，你的一举一动我都一清二楚！”

怪不得有人说手机是最佳间谍，他这个被遥控的“特工”原来如废柴般后知后觉。

“擦！有病是咋？”韩道内心无比愤懑，可口中却迅速变了另一套程序，“哦，原来是这么回事儿啊！对了，最近撒尿还觉得前列腺疼，这里有您安装的监控设备不？”

“哈哈，下次就装那儿，省得你出去干坏事！快别贫了，你赶紧靠右停车！”

“报告政府，哪边是右来着？”

韩逍一边停车，一边往路边偷瞄。果然，佳娴那辆白色 Q7 就靠在后方，她正坐在后座摇开的车窗里冲着他招手。

开车的是佳娴爸爸的司机小刘。见韩逍停下车，两人都下了车走上前来。

“下来吧！什么也不用拿，让刘师傅把你车开回去，帮你收拾收拾，你坐我车走吧！”佳娴的语速之快，根本不容韩逍有丝毫辩驳。

“车……”

“车什么车，赶紧的！不久是许远那辆违章专业户？刘师傅一会儿帮你把行李卸回咱家，再开去做下保养、洗洗涮涮，你就跟我走吧！”佳娴虽嘴巴强硬地指使着韩逍，可脸上满是绚烂妩媚的笑容，目光中炙热的爱意瞬间把他心里的牢骚、排斥感融解升华了。

韩逍只好窘迫地听候安排：“那……辛苦刘师傅啦。”

“坏蛋！玩疯了吧你？不要我啦？真的没想我？”刘师傅刚一离开，佳娴便迫不及待地拥上来，紧紧抱住了韩逍。而这深情又娇嗔的质问，让“逃离者”来不及分辨是敌是友便已堕入失语国，再也讲不出半句整话来。

佳娴把头埋在他的肩头，沉默了几秒钟，胸口微微娇喘：“是我不好，韩逍，别生气了，好吗？你知道的，我离不开你，我不能失去你……”说着说着佳娴竟有些红了眼眶。

韩逍见此，不由得心肠一软，环过两臂轻轻地把她搂在怀中：“好了，好了，没事，我们回家。”

工体附近一家特色餐厅的豪华大包房。许远、飞飞，还有平时常常一起厮混的朋友们都早到了，再加上佳娴邀请的几个闺蜜姐妹，二十人大台登时变得满满当当。

这是佳娴要给他的惊喜。

所以等他们刚一进门，一干人等便全体起立，掌声，口哨声，起哄声，夹杂玩具警笛声全部骤然响起。这样的接风方式韩逍很满意，在众人的哄闹中，他有意搂了一下佳娴，报以赞许的微笑，一对冤家迅速冰释前嫌变得如胶似漆起来。

“你这保密工作做得也太好了吧！这帮土匪是怎么全让你给招安的？”

对韩逍的问话，佳娴也只是笑而不答。

“哎呀，韩大官人，您可算是回朝了，微服私访这些日子，后宫简直都乱了套啦！”

“就是！你光顾着下江南选秀，可苦了咱们这后宫三千佳丽。若不是陆娘娘一人上下维持，阿哥们都会打酱油了！”

“去，去，去，贱人就是矫情！说吧，今晚先翻谁的牌子？”

“瞧这折腾得又黑又瘦，等下专捡大补的招呼！”

“大兄弟，还些个姑娘，都甭惦记了，你小子早就没戏啦！”

韩逍跟这帮人一见面就是有五没六的，随即也开启了胡喷模式：“我就说嘛！要不是有这么多美女出席，你们这群不靠谱儿的王八蛋怎么舍得来？哥们儿不畏艰险刚从边疆千辛万苦地回到首都的怀抱，你们好歹也该装着嘘寒问暖下下啊？假借给我接风之美名，实行猎艳之龌龊，啧啧，那什么……佳娴，走走走，咱们在这儿太多余，咱俩哪儿凉快去哪儿吧！”说完，故意拉起佳娴转身便往外走。

许远忙拦住他："我们的政策你是晓得的，坦白可能从宽，抗拒一定从严！来吧，坐这，把你在怒江犯的事儿都跟政府交代一下！"

"赶紧的，别装了，我们都郁闷坏了，你丫这一走手机也不开，短信也不回，一定是玩儿美了，快给讲讲，解解馋。"

一圈酒下来，韩逍已微醺。见大家兴致正浓，便脱下外衣甩开膀子，拿出一副不醉不归的派头。佳娴一见，忙站起来帮他圆场："哎！我说你们是不是亲生的哥们啊？我们家这位连着开了两天车，累得都秃噜啦，上来就这么灌，能受得了嘛？"

"大姐，万里长征这才都了第一步啊！我大哥这才刚到丙中洛，哪儿说不喝酒不喝了？"

"没错，丙中洛不相信眼泪！"

"要说喝酒啊，我们保管让他受得了！严重怀疑，他受不了的，应该是晚上回家那顿吧？"

"哈哈……哈哈！"众人听出个中邪意，都望着佳娴哄笑起来。

"可不！陆娘娘独守寒窑已半月有余，今日大王回巢，不杀他个三百回合，打他个落花流水、片甲不留是绝不能罢休嘀！我等今儿要是给人家整高了，晚上回家上不了阵，你们谁担待得起啊？"飞飞顺着意思也不依不饶地调侃。

佳娴也不是吃素的，脸不红心不跳，笑吟吟地朝这几个爷们说："哥儿几个果然都是明白人呐，为了感谢你们一番厚意，我可是先干为敬啦！下来大伙儿多找身边的妹妹喝几杯，这可是大好机会，错过这村可就没这店咯！让我们家韩爷也趁空养养精蓄个锐，你们不都知道吗，后宫还三千佳丽等着呐！实在不行，我再替他喝几杯？”言罢端起自己的酒杯，一饮而尽。

她这一挡酒，这帮大老爷们也不好再强扳，只好借坡下驴，与自己身边的美女推杯换盏起来。韩逍本想去阻止处处强势的佳娴，可掂量了一下这会儿的酒劲，他也的确不能再喝了，便借酒装醉歪在一边与周公约会。

这是个没有太多利益瓜葛的群体，以往基本就是三天一小聚、一周一大聚，也时常组织车队出去越野、旅行，离北京较近的几个沙漠、草原，几乎隔几周就会去一趟，新疆、西藏这种较为偏远的地区一年内也总会找机会组队走上一两回。

这群哥们当中，人人都是越野发烧友，全套名牌户外装备，人手一台专业单反，长枪短炮置办得都很齐全，哪儿难上哪儿，哪儿偏僻去哪儿，走哪儿拍哪儿。他们把凯鲁亚克的《在路上》当作新版的“圣经”，甚至都每天默念：世界旅行不像它看上去的那么美好，只是在你从所有炎热和狼狈中归来之后，你忘记了所受的折磨，回忆着看见过的不可思议的景色，它才是美好的。当然，在他们看来，除了藐视约定俗成的勇气之外，还必须学会战胜内心的软弱与现实的安逸。有太多骄傲无知的现代人，他们骨子里的冲动已经被物质驯化了，注定只能对着“在路上”的条幅来虚度光阴。

这次怒江之行，韩逍是闪亮的男一号。可接风宴上大家却没能听到垂涎多日的旅途故事。一则是佳娴在场，韩逍有意装醉，不愿夸夸其谈；二则是韩逍心里有个难解的死结——去独龙江的那两天，他与褚遥的心灵交集如同迷药一般，若即若离的情愫慢慢发酵，难以释怀，不忍提及。

这位身在滇藏高原支教的女老师，到底有什么魔力呢？可他来不及多想，只感觉被人搀扶上了轿车，不久又被搁置在客厅的沙发上。

佳娴十分殷勤地泡了醒酒茶，放好洗澡水，拿好睡衣，双手扶着韩逍的肩把他推进了蒸汽缭绕的浴室。在浴缸里静默的那几分钟里，思绪又不由自主地回到了独龙江，那个让人牵挂又无奈的褚遥，还在备课吗？

这就像铤而走险的特工，再往前一步就会立刻丢盔卸甲。他晃了晃脑袋，准备以昏睡解决一切。但是，现实饶不了他！

换上红色透视内衣的佳娴，已经摆着尾、颤着胸，像一条性感妖娆的美人鱼，从衣帽间的推拉门内走了出来。所有深谙此事的男人都会明白，红色，代表“准备就绪”。

“亲爱的？”佳娴娇滴滴地喊了一声，便爬了上来。

相对于大脑里刚刚闪现过的那朵雏菊般的面容，佳娴更似一朵浓烈绽放的大丽花，处处散发着诱人的迷香。韩逍不是圣人，有这样的尤物拥在怀里，温婉、缠绵于此，没有防线不能被击溃，什么样的不愉快也该翻篇儿了。

他像蒲志高一样选择了投降，再一次，无原则的。

警备消除。又一番发生在这对男女之间的较量，或者“吵＋好”的轮回，圆满完成。

Charpter 7

我们只是停留在表面

经历过一些事，总以为自己成长了，成熟了，把内在的逻辑和外部的纷扰都琢磨透了，会跟人钩心斗角尔虞我诈并屡屡获胜了……殊不知，在摸爬滚打中，所谓的价值观早已内伤到了斑驳不堪。

若要追溯佳娴和韩道的过往，他自己真的搞不清楚，那到底算不算是爱情。

两年前的一次朋友聚会上，他与陆佳娴不期而遇。外形靓丽、知性气质的佳娴属于典型的白富美，良好的家庭环境、优越的教育背景，处处高人一筹的做事手段，都让她在韩道的眼里闪闪发光、遥不可及。她年纪轻轻就已经在老爸的投资公司里独当一面，事业可谓顺风顺水。如此出色的美女，身边自然不乏百般殷勤的公子哥，可她偏偏没一个能看上的，直到后来对一表人才的韩道一见钟情。而当时，韩道不过是某国企负责机电设备的高级工程师，整日混在一群靠溜须拍马、趋炎附势才能上位的同事中郁郁不得志。

也许是见多了生意场上那些表面夸夸其谈、内心龌龊狭隘的所谓成功人士，佳娴初次见韩道，就被他真诚、豪爽而又不失风趣的阳光气质深深吸引。所以，当即就交换了电话号码，第二天还约出来看了午夜场电影。尽管在感情方面，韩道并不太喜欢这种优越感超强的女王型对象。只不过还没几个回合，佳娴就用妩媚性感和热情似火俘虏了他。

而且自相识以来，每次都是她抢着埋单，还有事没事就给韩道送一份不菲的礼物。有点大男子主义的韩道，一开始根本接受不了，奈何佳娴出入的都是高档娱乐场所，作为国企最年轻副处的他，怎扛得住这般消费，对佳娴恰如其分的慷慨解围，慢慢也能适应了。

佳娴是个聪明女人，她知道总这样下去，会让韩道保不住面子进而厌烦，就偷偷央求老爸通过关系给韩道找份挣钱多、压力小、又清闲的工作。佳娴的老爸陆俊麟从来都对女儿百依百顺，见她对韩道如此上心，自然没有怠慢，利用关系之便，在合作公司安排了个市场总监的职位。

为了让韩道欣然接受，佳娴并没有直接告诉他这工作背后的一切，而是轻描淡写地说是一个客户公司刚进入中国市场，规模不算太大但待遇却出奇的好。急需寻找像韩道这样有政府背景又有机电行业市场经验的人才，让他好好考虑。不懂阿谀奉承又对国企环境深感不屑的韩道，正因为升职的事在和领导闹矛盾，一气之下便辞了职，攀上了如今这份待遇优厚的闲差。

搞定与韩道在社会地位上的差距后，佳娴渐渐放松了谨慎相处的基本原则，日益暴露出她极强的控制欲、占有欲，两人的矛盾也开始因她的“铁腕政策”变得越来越深。

翌日。

韩逍准点赶到公司。前台见到他的第一句就是上头有交代，回来马上去领导办公室。

事出紧急，首席代理大人藤井俊二一定迫不及待想找负责人问个清楚，不然也不会催命一样把他从云南揪回来。不管是兴师问罪，还是临危受命，韩逍也只好硬着头皮往前冲。

“藤井先生，哦……您有客人，那我稍后再过来？”韩逍刚进门就看到自己领导正毕恭毕敬跟一位背影笔直的长者汇报工作。结果想必不甚理想，要不然也不至于一脸的扭曲，出于礼貌他站在门口没再向前走。

“韩，你先别走，正好陆先生过来，我们当面商讨一下，看看如何解决……”

“遵命。”韩逍作为此次危机事件的负责当事人，心里略带忐忑地走向茶座的另一张沙发。坐在藤井对面的，竟然是他的“未来岳父”陆俊麟！

这什么情况，怎么时时处处事事都被陆家的人罩着？正暗地里犯嘀咕，“未来岳父”大人已经破天荒地朝他微笑着点了点头。

“陆先生，这就是我们这个项目的市场负责人，韩逍！”藤井俊二一脸堆笑地欠起身向陆俊麟介绍，一圈长错地方的肥膘绷在比别人明显小了几号的高级定制套装里面，显得他愈发矮小了。不过，等他那精明“透顶”的脑袋再转向韩逍时，单眼皮的眼睛里立刻露出杀气腾腾的目光。

韩逍再次向两位领导颔首致意，可却不知道该不该直接爆出陆俊麟与他的莫须有关系。他甚至为该称呼“陆伯父”，还是“陆总”，而变得张口结舌。

“到底是怎么回事？这个项目你不是一直跟我汇报说进展很顺利么？

现在好了，所有的生产程序已经到位，钱也砸了不少，为什么迟迟还没有启动呢？韩，今天陆先生也特别着急地赶过来了解情况，你倒是说一说，究竟哪里出了差错？”藤井俊二终于憋不住，抡起利器对韩逍下手。

“藤井先生，我出发之前，已经确认了项目一直正常进展，相关时间节点没有丝毫差池。陆先生，不晓得……”韩逍至今还不知道到底出了什么问题，所以不敢贸然答复。

“陆先生就是这个项目的主要投资人，你怎么会不知道？我至少跟你讲过七八次了！！！”气急败坏的藤井俊二看着满脸憋得涨红的韩逍，再次高声质问道。刚脱口而出，随即又恍然大悟似地拍了拍脑门——这个项目原本是藤井有巨额回扣的代工大单，他的确没有跟韩逍交代过任何背景，只说是日本总部正规委任的一个重点项目而已。

“二位先生，能否先透露一下，相关症结何在？”韩逍不清楚陆俊麟在这里面扮演的角色，当着“岳父”大人的面，他可不想表现得缺乏专业。

藤井赶忙接过话头，“先不要诡辩了，你现在最需要了解的，是整个事态的……严重性！这不单单是我们办事处的一个……嗯，重点项目，还牵涉到全公司在中国合作伙伴的利益，你的明白？”

“结果，我能明白；但起因……我还要听一个解释。”倍觉蹊跷的韩逍愈发一头雾水。这件事咋又凭空冒出来一个中国投资方，而且投资方还恰恰就是陆佳娴的父亲。陆家在这件事里面涉及多深，如果这个项目真的就此夭折，遭受的损失又是多大？

“小韩啊，我昨天在飞机上的杂志上看到个有趣的观点：所谓努力，其实就是愿意白干。不求回报做很多事的人，一般都能获得更多的机会。

你不妨换个角度，耐心剖析一下其他关键人物！”陆俊麟听了半晌，才冒出这么一句。从他的表情里看不出责难，当然也不会让人觉得轻松。

关键人物？韩道原本极力想给陆俊麟做出解释，但提到“关键人物”，他脑子里骤然闪现出陈林生的名字。可转念一想，不对啊，这正是佳娴举荐来的，怎可能会出乱子？

“好了，我看还是让小韩再努力做做工作吧，希望这件事不要给我们的合作带来不良影响。”陆俊麟似乎有意不让韩道接着叙述。“看这里挂着保龄球馆的照片，说来老朽我也算一介爱好者，这保龄球投掷对象是十个瓶子，你如果每次砸倒九个瓶子，最终得分九十分；而你如果每次能砸倒十个瓶子，最终得分二百四十分。社会记分规则就是这样：只要你每次比别人稍微优秀一点，能再多坚持一会，就可能赢得更多机会。这种机会叠加就是人生效应的逐级放大，最终造成人与人之间巨大的落差。二位，我先走一步！”临走前，陆俊麟竟然转过身向走在近前的韩道投来一个高深莫测眼神，并用手轻轻地拍了拍他的左肩。

韩道参不透这其中的缘由，只好面带歉意地送走了“未来岳父”，回身准备继续接受藤井俊二的责难。

“藤……”

“不用再说了！我要的是结果，一个好结果！三天，要么给我个合理的答复，要么……你自己想清楚，现在就去把问题找出来！”藤井极其没有耐心地对韩道扬了扬手，像生锈的陀螺一般，转了个圈，一屁股栽进自己的高级办公椅里，彻底被埋在与他本人型号严重失衡的宽大写字台后面。

整整一天，韩逍都在打电话，从各个环节查找疏漏。除了关键人物陈林生一直没接电话以外，其他情况他已经基本搞清楚了。

项目的确是由日方和中方投资人共同投资的代工新项目，需要借助日方的新技术和指标数据设计产品，然后在中国建代工厂，并按需为中国的指定客户生产金融设备。最大的客户就是佳娴给韩逍引荐的陈林生，他是某国企的采购负责人，人脉很广且颇有神通。他曾经跟韩逍承诺过，只要产品能设计出来，他负责采购合同，除了自己所在企业，其他有关联的集团公司都可以帮忙搭桥，有好处的话他所有的事情都能摆平。

而事实上，前期的合作洽谈的确很顺利，陈林生也帮了韩逍不少忙。可厂子建起来了，技术引进和人员配备都到位了，日方还在此前的基础建设和关系拓展方面投入了大量的资金，但是说好的订单却迟迟没有到位，设计方案一直在拖延，确定不下来，原有的诸多承诺都没有按部就班地实现，眼看投入成本越来越庞大，日本总部终于开始怀疑项目的可行性。

尽管如此，韩逍还是觉得这件事的症结只是人脉关系没有处理妥当，只要找到牵扯这件事的要害人物，还是可以找到解决方案的。

直到晚上八点钟，韩逍本着“有利一起吞，有钱大家赚”的方针，逐个摸了一遍导致项目停滞不前的所有相关人等。这才贴着一脑门子官司，焦头烂额地回到家。

韩逍自以为拿出有利便可通天下的杀手锏，就能把这事在自个盘子里颠上一颠。他哪里能想得到，整件事的背后其实都是陆俊麟搞的商业把戏，他这“未来女婿”也不过是这盘棋局的一颗臭子儿而已。

回到家。已然满室贤德静待。

“抱歉，公司事情实在很麻烦，我折腾一天也没捋顺，你怎么不先自己吃饭？”韩道还停留在以往的习惯里，不自觉地为晚归做出解释。

“嗯，辛苦啦！我今天可是灵感突现，亲自下厨做了菜，怎么能一个人独享呢！”佳娴温柔地走上前帮韩道接过背包，热切地招呼他赶紧洗手吃饭。

对比以往韩道迟回家半小时就会大发雷霆、问东问西，恨不得把韩道立马推进测谎仪，或者找个盗梦装置，里里外外查清楚的陆佳娴，这简直让人大出预料。

她竟然亲自下厨做饭？还毫无怨言地等着他回来一起吃？韩道大惊失色地望着眼前的“田螺姑娘”，感觉坠入某种幻影地狱一般不自在。

“你干吗？对你好反而不适应了是吧？是不是心里有鬼？做了什么坏事、亏心事？”佳娴见韩道一头雾水的木讷样子，突然变了腔调，恶狠狠地追问他。

“我？我哪儿还有气力做坏事？嗯，听见你吼，我放心了！”韩道夸张地扶住胸口，做出一个终于释然的姿势。

“讨厌！你还真是个敬酒不吃吃罚酒的笨蛋！赶紧坐下吃饭！”佳娴转回原来的的频道，气氛终于融洽起来。

一边吃饭韩道一边跟佳娴讲起这一天在公司发生的事，还问佳娴之前怎么不跟他说她爸爸陆俊麟跟他们公司投资合作的事。

佳娴一脸无辜地摊开手道：“爸爸参与的投资那么多，她哪里会一一过问？这是再常规不过的商业合作而已！”

虽然韩道觉得她的说辞有些牵强，但已成事实的事也无心多问。他主要关心佳娴为何当初会多次给他引荐陈林生这个人。

“对，还有，陈林生不是你介绍给我的吗？他之前可是跟我拍过胸脯的，现在倒好，出了问题，居然活不见人死不见尸，这算怎么回事？他这个人你了解吧，到底靠谱不靠谱？”

“靠谱，当然靠谱了！不然我怎么会介绍给你，真是的。”佳娴见他问到了关键人物，便极力掩盖自己心思，提高了嗓门保证起陈林生的人品。

“那他到底咋回事，我今天给他打了无数个电话，办公室秘书说他有事在外，手机也不接，公司上下也对他负责的事情概不知晓……我现在被架在火上，正等着扒皮呢，他倒好，活活唱了一出躲猫猫！”韩逍越说越气，想起那一堆道貌岸然的人还得需要他一个一个重新去维系关系，还有藤井给出的三天期限，以及这个越来越觉得后果难料的烂摊子，他顿时没了食欲。

见韩逍放下碗不吃了，佳娴才十分淡然地劝慰说：“哎呀，你别那么急躁，事情总有解决的办法，回头我问问我爸，看看他这边损失大不大，陈林生那边应该没问题，他这个人我了解，认识很多年了，挺靠谱的。我觉得吧，你先把藤井这边交代的事应付过去，我安排你和我爸单独见个面聊聊，然后看他怎么想办法解决这事，你觉得怎么样？”

“三天！藤井就给我了三天时间，叫我怎么可能把这事摆平。不行，我必须得先见着陈林生，从明天开始就去他家门口蹲守！”

“哎哟，愁什么呀，姓林的又跑不了，这不有我呢！？乖，再吃点，瞧你瘦的！”

“没胃口，我洗澡睡觉，明儿还一大堆破事呢！”

佳娴又努力劝了几句。直到韩逍将信将疑、意兴阑珊地消失在她的视线之外。

陈林生在陆俊麟的指示下来到了东城区某私人会馆。通过电话遥控，他走进了一间日式风情的高级套间。这完全是在韩逍把控之外的一次秘密会面。

“嗯，今晚就看你小子的表现了，费用不必担心，我已经打过招呼，只要能达到效果，挥霍多少都无所谓。但是有一条，你小子脑袋别装错了地方，时刻保持清醒，不能有半点疏漏，不然，一切后果你自个儿兜着！”陆俊麟俨然一副江湖老大的口吻，幕后操控这样的事似乎早就已经成竹在胸。

“明白，明白，您放心吧，这点事我还拿得清！我早就把藤井那小子的底细摸清楚了，今儿安排的人绝对没问题，再说他除了那点蝇头小利，不就好那一口儿么，我还就不信了，他真能把裤腰带勒紧咯？”陈林生心里很清楚，自己今天必须把藤井俊二这个绊脚石给搞定，要不然他下一步的升迁没了指望不说，搞不好陆俊麟还会给他更难下的台阶。多年前就给陆俊麟当马仔，他十分清楚陆老大的做事风格。

而此时此刻，韩逍刚按照佳娴给他的地址找到了陈林生的家，正怀着万分决心在空无一人的客厅里守候着——陈林生的爱人实在拗不过他，便把他独自留在家里，按原计划陪着儿子学琴去了。

再说藤井俊二，他本就是个见利便沾的生意人。刚来中国担任办事处的首席代理，他就是冲着中国这个尚待开发的巨大市场来的。没想到，一来就有好事登门，陆俊麟借同学引荐的名义找到他，私下许了他几分好处便签下这次的建厂代工合同，既能给公司拓展业务又能让自己赚个盆满钵满的再回日本，他也算没白来中国一趟。

不过，他哪知道陆俊麟何许人也，人家的实力绝不是明面上能看到的。在中国要办成事，需要点头的人很多，陆俊麟在北京混迹多年，四通八达的关系自然不在话下，关键是他还有很多大家想不到的神通手段，别人无法涉及的行当，他做起来照样轻轻松松。这显然不是表面看起来稳重儒雅的投资人那么简单。

而这次，藤井俊二本以为攀上了一个非常好的合作伙伴，前期的工作也得到了上级社长（陆俊麟同学）的肯定。可上船容易下船难，当下的情形他无论如何也难逃干系，不仅最后会落个执行不力的罪名，而且还会被社长狠批责怪。

然而，接下来陈林生的所作所为，却让他由衷地希望自己根本没有出生过。 陈林生假意约谈对策，将藤井安排在某高档的会馆。不但递上一张数额诱人的支票，还约了两名风情万种的翻译陪伴，也就是传说中的外围女。当然，这一系列龌龊的勾当被全部偷拍了下来。

视频证据虽然不是最好的威胁，但由此发酵的订单话题，却让藤井俊二不得不向公司报告项目的巨额亏损，进而要求日本总部以放弃 50% 以上控股权为代价重新签订合资协议，以挽回部分损失。日本人对企业还是忠诚的，藤井俊二这次折在他的致命弱点上，无奈之下只能就范，因此他只接受引咎回国受罚，自己吃了哑巴亏。

事后，陆俊麟便趁机向日本的同学提出了能摆平一切的方案，顺理成章地拿下了合资项目的控股权。

韩逍在陈林生家蹲守数日无果，十分绝望地回到公司，准备提交辞职信。可谁知，首席代表藤井俊二不但没追着他要结果，人也已经没了踪影。又过了两天，他又被告知，办事处要重新派一个新的首席代表，藤井俊二已经回国，而原来那个棘手的项目已经正式由陆俊麟再次注资，转为由中方控股的合资项目。

这一连串的意外消息，弄得韩逍莫名其妙。他甚至开始对自己的工作能力产生怀疑，眼前所见的这一切变得愈发陌生。经历过一些事，总以为自己成长了，成熟了，把内在的逻辑和外部的纷扰都琢磨透了，会跟人钩心斗角尔虞我诈并屡屡获胜了……殊不知，在摸爬滚打中，所谓的价值观早已内伤到了斑驳不堪。身后似乎有一张无形的大网，说不定那一刻便会将他一并捞到岸上，吐血贱卖了事。

曾以为银屏里都是狗血的故事，现在发现了，生活里才有更荒诞的脚本。

Charpter 8

感情只是生命的部分景点

在这个物欲横流的小时代，爱情也仿佛变得标的物一般简化而透明。大家纷纷将择偶的标准悬挂出来，一旦条件合适便急不可耐地呼啸上船，根本没有心思和时间去考虑，即将通往的是虚荣此岸还是幸福彼岸。

豪华的水晶灯下，人头攒动。自助餐台上摆满了各式丰盛餐点，弥散的酒香正在诱惑每个人干涸的喉舌。靠近场中央的小舞台上传来美妙的歌声，又是一位默默无闻却歌喉惊人的草根天才！她正在翻唱即将上映的电影《了不起的盖茨比》中那首令人沉沦疯狂又激荡绵长的插曲——*Young And Beautiful*。

歌声犹如一袭点缀无数颗闪亮钻石的深蓝色天鹅绒帷幔，轻柔地从耳际慢慢铺开；又仿佛夜空中颓废、狼藉的阴云之上，散落着珍珠的荧光。除了心境如斯的韩逍，没人注意这些。他们都为这难得的夜晚，摆出最迷人的微笑，举着酒杯来回穿梭，忙于应酬。

陆俊麟为合资项目举办庆功年会，韩逍所在的日方公司，陆家的人马，以及几家重要客户都派了代表参加。身着晚礼服、魅力四射的佳娴也趁此机会在酒会上大展身手。她看上去心情很好，不单因为一场大获全胜的收购战役，更重要的是，她已经找到了全盘俘虏韩逍的最佳策略。

趁韩逍熟睡之际，她彻底查阅了他的手机，尽管韩逍有意删除了绝大多数聊天记录，但嗅觉灵敏的佳娴还是从中找到了蛛丝马迹，一举掌握了他同褚遥来往的事实。尽管这都是止乎于礼的内容，但于她而言仍是不能接受的精神出轨。好在私家侦探反馈回来的信息，都不构成撕破颜面的污点，她知道了褚遥的支教身份，也了解到扎姆朵儿对韩逍的由衷爱慕。

在佳娴看来，褚遥不过是一个普普通通的乡下丫头，最多算是自家男人旅行散心时偶遇的一味甜点，蠢蠢欲动也不足为怪，没有任何值得当真的理由。相对于她为韩逍所做的一切，这类所谓的公益梦想的表达基本连暧昧都够不上。所以，暂时也没必要去打扰韩逍的雅兴，不如不动声色地为他们二人的下一步再搭一座更坚实可靠的桥，就完全可以高枕无忧了。韩逍不可能放弃光明的前途，放弃她对他的爱，她才是这个男人顺理成章又近在眼前的“将来”。

是的，她始终坚信，没有哪个男人会傻到放弃她这样的大美女。

但韩逍却不这么想。工作闲暇他一直在思索人生大事：年轻时的爱恋，总是凭一腔热情与自信，什么样的誓言都敢允诺。等冷静下来，才发现自己没有这样的能力，彼此更缺乏走到白头的基础。此时此刻的他，特别想对自己心爱的姑娘郑重说一句，我能给你幸福！

所以，他故意躲开了晚宴上虚情假意的奉承，独自一人躲在角落里边喝酒边欣赏音乐，还时不时与手机另一端的褚遥聊几句对现场的感受。

她回复说，早就读过《了不起的盖茨比》这本书，对书中主人公的痴情印象深刻。韩道则表达了，自己越来越反感这种生活，所有的人所有的话都罗生门一样极不真实。

正在这时，喝得醉意醺醺，顶着与脸色十分相称的酒糟鼻的陈林生，晃晃悠悠出现在韩道跟前，甚至还夸张地耸了下肩膀：“哥们，嘿，不过来热闹热闹，嘛呢你？”

鉴于先前对他那些卑鄙行为的认识，再加上此刻已喝到恬不知耻的一副尊容，韩道压根就不想搭理这类渣男。于是，微笑点头致意之后，装作要打电话起身离开。

“呀呵，如今韩总监牛气冲冲啦！不把从前的哥们放在眼里了？”见韩道不温不火的神情，陈林生反而更来了劲。

“不好意思，回个电话！”韩道只想离开，不愿再堵心了。

“犯得上吗？我又没欠你什么，摆张臭脸给谁看呢？”

“陈先生，请自重些好吗？”韩道越看他死皮赖脸的样子，越觉得恶心，心里的火腾腾地往上蹿。

“小子，别跟我这装蒜！要不是看你未——来老丈人的面子，要不是为了一把票子，我才懒得趟藤井这摊浑水！不就长了副好皮囊吃上软饭了嘛，瞧把你能耐的，还真以为自己是哪根葱了？”

“你说什么？”韩道急了，一下子从座位上站起来，差点就忍不住把拳头抡他脸上去。

“哎！哎！你想干嘛？不用那么气盛，我还真不跟你计较，你知道吧？”

“滚开！”韩道使劲憋着胸口的愤怒，目光瞥了一眼四周，大家各自嗨皮几乎没人注意到这里。

“小白脸儿，你坐下，你坐下！我跟你讲，韩总监是吧？要不是我陈林生出面力挽狂澜，你，就凭你，还能在日本那公司屁事儿不干就拿着高薪？我还实话告诉你，之前这一档子事，都是你们家陆老爷子一手筹划的，你不过就是安插在那儿的一个……一个什么来着？你知道你是什么吗？你连个棋子儿都算不上！”

“嗯，继续！”

“继续个蛋？你小子能上位当总监，不就是因为佳娴么？用床上那点儿功夫能混上个肥差，还真以为自个是打江山的程咬金啦？啊呸！幼稚！你瞪什么眼睛，不服气啊，去听听那边的人都怎么说你的，是不是小白脸一个……”陈林生也不知哪根筋搭错了地方，硬是拽住韩逍，喷着一嘴臭味熏天的酒气，连讽带刺地将之前的事都抖搂了出来。

“你？！”韩逍压住怒火，越听越觉得陈林生这番话里有些让他毛骨悚然的东西，夹枪带棒地数落暂且先不说，关键是他对藤井俊二意外的变动始终不解的地方，好像忽然间都顺理成章了！ 那些关于陆俊麟对那件事的幕后操纵，以及自己怎么能来到这个公司的真正原因，也终于露出真相了。

韩逍恍然大悟，一把狠狠地推开醉得昏了头的陈林生，异常气愤地离开了现场。

韩逍本来是窝一肚子火提前回家，却半路改了主意，他不想等佳娴散场后，仍然当没事似的跟他矫情。

于是，他又开车去了一间酒吧。 一直到凌晨三点，佳娴通过手机卫星定位找上门来。

“你搞什么呀？手机不接，短信不回，又想玩失踪啦？”换了身衣服但妆还没卸的佳娴，走到他近前没好气地把包往对面一甩，怒视着韩逍。

韩逍并不意外，只是板着脸非常冷漠地抬眼望了一下佳娴，接着低下头，不声不响。

他这种态度直接点燃了佳娴心里早准备好的炸药。

“韩逍！你别整天拿出这幅死德行，你以为你心里那点小九九我不知道吗？给你点空间，你还真把我当成任劳任怨的角色啦？”

“也许。”这次，韩逍头也不抬，苦笑一声，摇了摇头。

见状气得抓狂的佳娴，一屁股坐在他对面的座位上，从包里拿出一根烟，心烦气躁地点上，朝吧台喊了一声：“服务员，给我来杯酒！”

“我有话问你！”憋了半天，韩逍才从口中咕哝出一句话。

“什么？有什么你问呐！”

“当初，你介绍我来这家公司是不是你爸提前安排的？”

佳娴听他问这个，先是一惊，后又释然地仰起头痛痛快快地答道：“是啊！那怎么了？内举不避嫌，外举不避亲，这道理还有谁不明白？没告诉你，就是觉得你会多心胡思乱想。”

见佳娴如此干脆又不以为然，韩逍暗自长叹一口气。他觉得一切也没什么好争辩的了。“那我再问你，我们公司的合资项目是不是一开始就被你爸爸下了套，来来回回就我一个傻瓜蒙在鼓里？”

“你这说得也太难听吧，做生意谁不动点心思？丛林法则，适者生存，拜托你用总监级别的智慧去想想现实好不好？”

“那我算什么？你们到底把我当什么了？”韩逍终于怒了，提高嗓门冷冷地问。

“你不做得挺好的吗？”佳娴不愿韩道把这事当成他们闹矛盾的理由，所以有意躲闪着话题。

“哼！你可真能装！为什么不早把事情跟我讲清楚？有什么可隐瞒的？不就是把我当傻子耍吗？还是把我当吃软饭的？觉得我没用可以直说啊，我也不用这么费劲给您牵马坠镫，我攀不起你们陆家的高门槛！”想起陈林生在酒会上的话，韩道越说越气，说着话嘴唇都有些颤抖。

“你激动什么？韩道，你说我装？是，我是装了，怎么啦？我装也是因为你，我不装你会接受吗？我不装我爸能同意你继续在公司工作吗？当初，我也是为你考虑，才瞒着你介绍了这个工作，你凭什么反倒怨我？我不是怕你没面子才没说吗？是我千叮咛万嘱咐不让我爸把你牵扯进去，我就怕你应付不来，所以才没把计划直接给你讲，这又怎么啦？我要不是为了保护你，我会这样吗？生意场上那点事，你又不是不懂，你觉得脏，那你见过哪桩生意是干干净净就做成了？韩道，你别以为你清高就可以把别人都看成是耍阴谋的罪犯。为了生存，很多人啥事都做得出来，姐姐我见多了！你要不乐意你可以不干，没人逼你去做违心的事，你干吗还有这么多意见？你什么时候也换位思考，理解一下我的苦心，行吗？”佳娴被他也气得乱了分寸，边说边委屈地哭了起来。事到如今，她也不管韩道怎么想，干脆把心里的话全都说了出来。说完，她把刚才叫的那杯酒仰头一口干了。眼泪随着心中那份无法言喻的高傲一并从身体里迸流而出，精致的妆容与最后的自信一下子彻底冲毁了。

接着，她不由分说地站起身拿起包，猛抽了几口烟，只对韩道撂下一句：“我回我爸妈那儿住几天，你自个好好想想吧！”转身愤懑离去。

实际上，佳娴的确认为自己没做过任何伤害韩道的事。她处心积虑地维系他的面子，煞费苦心地给他打理一切，为他的工作铺路，为他的生活操心，甚至对他心灵上偶尔的游离都没有太在意。她爱韩道，而且在用自己的一切为他付出。为了他，她甚至不止一次跟老爸翻脸;为了他，她觉得自己什么都能豁出去。

可为什么就换不来韩道全心全意的感情呢？难道真的是因为那个远在天边的褚遥？还是因为那个什么都不懂的扎姆朵儿？

她真的不明白，自己何以因为对一个人毫无保留的爱而狼狈至此。此时此刻，她心底升起一股没有准确目标的恨意。并且不分缘由地开始将靶心移向褚遥，那个远在深山，与此事毫无干系的善良女孩。

一连三天，给褚遥发信息都没有得到回复。

韩道忐忑不安地打过去电话，结果听到停机的提示。当即给褚遥的手机充了花费，结果却是不在服务区。虽然知道褚遥所在的地区经常会有没信号的情况，可他反复打了无数次，无论是白天，还是夜里，都是无法接通。他心里还是慌了，担心褚遥会发生什么意外。

于是，第四天的上午，韩道给扎姆朵儿去了个电话。

“喂？是扎姆朵儿吧？我是韩道，北京的那个韩道。”

“……”对方接了电话，却没有应答。

“喂？扎姆朵儿？你听得到吗？我是韩道，喂？”

“你干吗给我电话？”听得出来，扎姆朵儿声音里充满了幽怨。

“对不起，扎姆，我……我这两天一直在找你姐姐，可是她手机始终不在服务区，你最近几天见过她吗？”

“我没有见过，你难道很想她？”扎姆朵儿的音调有些阴阳怪气。

“哦，我担心她别有点什么事，原来这手机……算了，我下午再给打吧，再见，扎姆朵儿，谢谢你。”韩道虽然心里没着没落，但也觉得自己有些唐突了。

“韩哥哥，你真的不知道姐姐为什么换手机号么？”心直口快的扎姆朵儿似乎听出韩道的失望，没等他挂上电话，忍不住又开口问了一句。

“为什么？”韩道听出扎姆朵儿话里有话，忙不迭追问。

“你是不是有个姓陆的女朋友？”

“你……你怎么知道？”韩道一下子神经紧张起来，也立刻意识到事态的严重性。

“你女朋友前两天给姐姐打电话了，肯定说了很难听的话……”

“啊？你说什么，她给褚遥打电话了？”

“她还给我打了电话呢！问我是不是喜欢你，我一听就不是好人，哼！我才不管她是谁，说什么，可她还说让我劝劝姐姐别再异想天开，真是太欺负人了！姐姐一定伤心死了！”

“这女人简直疯了！扎姆，对不起，都是我的错！她说什么你都不用放在心上，好吗？如果你知道怎么能联系到你姐姐，一定告诉我好吗？”

韩道最不能容忍的就是佳娴这种自以为高明，又倚强欺弱的性格，事到如今，他终于爆发，无论如何也不能再妥协，只仓促安慰了扎姆朵儿几句，便挂上了电话。他必须马上找佳娴问问清楚。

愤怒的韩道放下手头的工作，直接开车赶去佳娴那里。

“我在你公司楼下，我有事问你，你下来一下吧。”韩道压制住气愤，冷若冰霜地对电话那头的佳娴要求道。

本来看到韩逍主动给她打来电话，佳娴还以为他们的冷战结束，一定是韩逍服软了，可一听他的口气，便知道状况不妙，该来的总会来，她拿起自己重新复原的骄傲，冷静地回答说：“好，我这就下去，要不，你在旁边的咖啡店等我吧。”

十几分钟后，两个人坐在咖啡店的角落，面对面努力调整着情绪，希望可以找到最有利的武器，进行这场情爱战争的最后博弈。

“找我什么事？”佳娴露出职业性的微笑。

“分手吧。”韩逍沉默片刻，异常冷静地说出了口。不知为何，他火急火燎地赶了过来，又心急如焚地等了十几分钟，就想把自己的愤怒发泄出来，可真的面对佳娴，他突然觉得一切都已经没有必要再多谈了。

“什么？”虽然，佳娴下来的时候做了十足的心理准备，想到韩逍一定会有发泄情绪，甚至还想到他有可能发现了自己做过的事，会拿那两个丫头说事，她想好了怎么去解释应答，怎么重申自己的立场，怎么证明自己完全有这个权利去那么做，但是，她唯一没想到的是，韩逍竟然省略了一切的质问、争吵与责怪，而是又狠又直接地让彼此间所有的过往都失去了意义。

“我说，分手吧！”韩逍把闷着的头抬起来，理直气壮地又重申了一遍。

“为什么？”佳娴咬住牙，不让自己没出息的眼泪流露毫分。

“你自己心里应该很清楚。”韩逍的话越来越让人觉得寒风刺骨。

“我不清楚！你必须给我一个合情更合法的理由！”佳娴继续倔强地坚持着。

“你给褚遥打电话说什么了？”

“你……你竟然因为这个跟我提分手？你背着老娘玩儿出轨，还好意思问我？”

“够了！请你停止伤害别人！”

“我伤害谁了？我只是告诉她你到底是个什么样的人，让她自己看清楚现实而已！”佳娴已经彻底崩溃，用手狠狠拍在桌子上，高声地辩驳，任委屈的泪水奔涌。

韩逍看着她，摇了摇头，非常厌烦地叹口气，把头转向了另一侧。

两人陷入沉默。万般的不甘心与无法更改的决心，爱恨交织与彻底失望，就这样默默地，在两个人之间无声的混合、发酵，最后变成彼此内心不得不面对的可悲事实——分手。

韩逍用了整整一个周末，把他和佳娴同居的公寓里所有关于自己的痕迹清理干净。

从提出分手那天起，两人没有再见面。佳娴发短信问了句“搬了？”韩逍也只是回复了一个字“嗯”。

这段时间里，韩逍一个人想了很多。是该做出最后选择的时候了，是委身现实，还是追寻向往，必须做个了断。他宁愿舍弃过去的一切，好让自己听听内心的声音。

韩逍考虑再三还是决定辞职，同时，他还准备离开北京，试着去过另一种生活。

走前，他给日本首席代表腾川的办公桌上留下了自己的辞呈。其实，他心里很清楚，自己的去留对整个公司大局无关轻重。他走了，这个肥缺不知会被多少人垂涎；所谓的工作交接也不过是流于形式。

得知韩逍辞职的消息，佳娴第一时间给他打了电话。冷静下来的两个人相约在他们以前常去的地方见面。这次，两人不吵不闹，也不再怒目相向。彼此都假装洒脱地微笑着，从无关紧要的事，一直聊到了曾经共有的时光。他们举杯对饮，静静地诉说，平心静气地说出从此后再也没有机会说的话。

“韩逍，我知道自己的确有时候很过分，包括给褚遥打电话，但我的所作所为真的是出于保护自己，保护我们的未来，希望你能理解并原谅。记得泰戈尔说过，爱情就是眼睛为他下着雨，心里却为他打着伞。我觉得自己就是这样……我不怨你，我只恨我自己，我爱你爱得那么努力，可到头来一样抓不住你的心……”这是佳娴平生第一次向自己爱的男人如此坦诚，可她如何能想象得到，这竟也成了最后一次。渐渐地，她醉了。

望着如此脆弱不堪、异于往昔的佳娴，韩逍胸口仿佛被某种钝物击中。无可否认，自己曾一度被佳娴的用心良苦深深打动，也深知佳娴付出的是真爱，但这一切根本就不是自己想要的。换言之，他对佳娴唯有感激，没有爱。

爱情，如何能像运转精确的瑞士钟表，每一步都毫无悬念地落在事先标好的刻度上面，如此周而复始、循序轮回？在这个物欲横流的小时代，爱情也仿佛变得标的物一般简化而透明。大家纷纷将择偶的标准悬挂出来，一旦条件合适便急不可耐地呼啸上船，根本没有心思和时间去考虑，即将通往的是虚荣此岸还是幸福彼岸。

记得电影《美丽有罪》里男主人公对女儿的闺蜜吐槽说：“我们的婚姻是个空壳，是个广告，它在告诉别人，我们是正常的，但是我们已经不相爱了。”所以，千万不要把臆想出来的美好抑或同情莫名其妙地强加给别人，感情只是生命的部分景点，失恋和失败的人也没有任何关联。如果拿偏执当爱情，其结果不但苦了自己，也会伤害别人。如果不能给所爱的人带来幸福，那这样的付出无疑会成为爱的悲哀。

是的，韩道多一分钟也不想留在这种环境里。他匆匆在微信里留下一句：此刻的快乐是如此清晰深刻。请收回你们的安慰吧，然后去问问自己的心——我的生活必须要像个广告吗？

此刻，他只想马上见到一个人，那个已经让他忘乎所以、奋不顾身的人。

Charpter 9

请允许我尘埃落定

是的，每个人都在既定的轨道上以自我的方式或匀速或加速运动，在杂乱无章的缘分里感慨谁与自己携手同行。终有一天，当看到渐沉的夜色里有一盏灯火为你温暖明亮，那些所谓前尘往事都不必理会了，此刻心中所萌生的悸动，想必只会浓缩成“爱”这一个字了。

韩道换了辆越野车，赶在春运之前马不停蹄来到了云南。他的行囊很简单，一整套摄影器材，一个帐篷，一个睡袋，几件换洗御寒的衣物，以及不知道还能用多久的钱包。这一路，他脑子里只有一个念头——褚遥。

先在丙中洛找了个妥善的地方把车停下，韩道便背着硕大的户外旅行背包徒步向目的地进发。中途碰到了几个提前放假来旅行的驴友，他们也是扛着各色装备满身收获，刚从秋那桶村那边徒步走出来。再次来到那座陈迹斑驳的废弃木吊桥旁，韩道心头有种说不出的小激动。往前就要穿过那道像用神斧在山体上刻了一道伤痕的茶马古道，才能到达雾里村。

站在褚遥多次穿行、扎姆朵儿曾为他唱过情歌的这条狭窄栈道上，韩道不由得回想起当时那些难忘的情景。有的地方，走着走着，就走进了心里。有些人，遇见，就注定无法忘记。

这里的春天应该比北京来得早很多。韩道边走边发现脚下的崖畔已经开出许许多多叫不上名字的小野花，粉粉白白的点缀在丛中。走下栈道，穿过一片片不规则的蒙蒙绿田，他顺利走到了雾里村的一家木楼前。很容易便打听到了褚遥的校舍所在。心怀忐忑地走过去。

由远及近，韩道终于看到了那个熟悉的身影。

褚遥正跟孩子们在简易操场搞课外活动，五六个大小不一的孩子围在她的身旁追逐嬉闹。只见她脸上挂着灿烂的笑容，胳膊还不时地护着贴在她身后的小不点。

韩道不忍惊扰这美好，于是就站在一旁观望，目光渐渐有些痴了。刚才挖空心思设计的重逢对白，也趁机全部清零。

“老师，老师，你看！那边有个人，老师，你看！”一个孩子看到了站在不远处的韩道，赶紧叫嚷着跑到褚遥身边报告。

正蹲下身用手给那个小不点擦拭脸上污迹的褚遥听到孩子的喊叫，转过头去一看，心里咯噔一下，天啊！他怎么会在这儿？！褚遥迅速站起身，又呆在原地，不知该作何反应。

孩子们才不管这两个四目相对呆若木鸡的人到底在想什么，呼呼啦啦围了过来，前面两个胆子最大的男孩甚至走到韩道面前，拍了拍他的背包。为了掩盖此刻的笨拙与慌乱，韩道试着找回自己最温暖可亲的表情，蹲下身跟孩子们打招呼。这群小调皮却你推我搡只顾着嬉笑，谁也不肯回答。

“提前放假？”已经走到近前的褚遥脸上抹去了惊讶，用友善的微笑迎接了他，语气中却带着几分中立的试探。

“我辞职了，呵呵……”韩逍知道自己无论说什么在这个时候都不足以准确表达此行的缘由，可他还是本能地躲闪了那些肯定会让褚遥难堪的话题。

“那你来这儿是……旅行？”褚遥有些心存忌惮。之前有个疯癫的女子打来电话，告诫她洁身自好不要多此一举，韩逍不会为了旅途上的某段露水姻缘而放弃大好前程……

“我……是来找你……就看褚老师给不给机会，收留我这个流浪汉啊？”韩逍很认真地说出了内心最真实的想法。

见他如此，褚遥忍不住扑哧一声笑出来，假装不屑地转身往回走，顺便扬了句："机会都是留给有准备的人啊，至于你，先看看具体表现再说吧！”

“擎好吧您呐……”韩逍长舒了一口气，通身都是尘埃落定的释怀。

“后面就是我的房间，你先去坐会儿，我安排好孩子们再过来。”褚遥指了指不远处的宿舍，朝韩逍轻轻一笑，便回身带着孩子们回了教室。

韩逍背着包来到褚遥的宿舍。他放下行李，四下查看。屋中央的小火塘炭火通红，勉强让这间不足十平方米的房间显得没那么冷清。屋里只有一张木床，简单的被褥，一方书桌，一个书架，一把椅子，虽是新木打制，却都是十分简陋的样式。桌上除了一摞陈旧的课本外，还摆放着一小簇来时路上见到过的野花。花瓶是那种质地粗陋的陶制品，而那颜色不一的野花却在开得清丽可人。角落里堆放着一些食材和两三样做饭的厨具。除此之外，韩逍再看不到任何让他略感欣慰的物品。

褚遥就是在这样的条件下，陪着那些孩子们春夏秋冬忙过了一整年。可他在北京与她短信来往那段日子里，丝毫没有感觉到环境是如此的清贫简陋。透过字里行间，见到的只是坦然、笃定和满足。他坐在椅子上，开始觉得心口隐隐作痛。究竟能帮她分担什么，扪心自问，他都羞于找出答案。

所以，当褚遥走进屋子的时候，韩逍根本没留她说话的空，便上前一把抱住她，紧紧地，久久地，说什么也不肯放开："对不起，褚遥，对不起，你会原谅我吧？上次我没告诉你，有些事情我不善表达，我……"韩逍说着，竟然特丢人地哭出声来。

"别说了……我对那些并不在意。"褚遥不想旧事重提，有现在的这份执着，她心里已经很感动，过去那几天里的伤心难过全然无所谓了。

"你不介意就好。我知道，她一定说了很多不该说的话……就让不愉快的事情统统过去吧，我现在就想跟你在一起！你愿意……接受我吗？"韩逍抱着褚遥瘦小的肩膀，热切地等待她一声答复。

褚遥哭了，她的身体在韩逍坚实的怀里开始轻轻颤抖，她不知道自己有多久没有如此脆弱，有多久不曾心动。这一刻，她只想忘记过去所有的事，忘记武装好的坚强，忘记整个世界，她只要不顾一切地柔弱下去，让自己彻底放纵，接受他的爱，接受他所有的不真实。

"嗯……嗯……"褚遥眼泪扑簌扑簌地掉落，抽咽着点了点头。

韩逍再次将她紧紧地搂住，忍不住湿了眼眶。

紧张忙碌的考前复习开始了。褚遥不仅要花时间往丙中洛跑，去取考卷和申请来年的教材，还得一人同时为好几个年级的孩子准备复习备课及模拟小考。虽然每个年级也只有三四个孩子，但她都不厌其烦地一一悉心指导。

要忙的事情太多了，褚遥几乎每天都是熬到深夜才能睡。天气阴冷，屋子里的火塘也抵挡不了冬夜的侵骨的寒意。没几天，一直很单薄的她就累病了。白天发着低烧给孩子们上复习课，晚上裹着被子，喷嚏连天地坐在桌前批改模拟试题。

这样子让韩逍心疼得不得了，可他拗不过褚遥的坚持，也无法劝说她放弃这份责任，只好乖乖地跑前跑后，为她端茶倒水，跑山路到镇上买药，回来监督着她按时吃了药，默默地陪在她身边。她忙多晚，他陪多晚。

本来，刚开始韩逍也是热情很高地想帮忙上课来着，可褚遥把孩子们只交给他半天的时间，再回来一看，已经彻底乱了套！

他颇为自负地拿出自己擅长的英语教孩子们，虽说是从英语单词开始，却把所有孩子聚集在一起。年龄稍长点的几个也只是觉得好玩，听了没一会就鹦鹉学舌地在课堂上哄笑；剩下的小不点儿们，从最初就开始时不时交头接耳，到后来都跑出去玩耍了。有倒是，吃一堑长一智，接下来韩逍直接把电脑搬进了教室，想来点震撼的效果，可局面更加难以控制。孩子们感兴趣这是什么东东，纷纷凑过来看到底怎么玩，你挤我推乱作一团，甚至两个男孩还打了起来……

褚遥看到如此情景，后来说什么也不敢把“传到授业解惑”的重担交给他，彻底剥夺了“韩老师”代课的权利。

总算是扛过了期末考试，褚遥的身体也好过来。

这几日，韩道除了在雾里村闲逛，拍照，也没帮上褚遥什么忙。等到孩子们放了假，褚遥和韩道谢绝了雾里村老村长的盛情，打算趁着寒假到腾冲一带去游玩。现在两人要一起出门旅行，终于可以让韩道施展点拳脚了，他心里暗暗憋了劲。

从丙中洛开上车，到县城稍作保养、加足了油，他们便不慌不忙地朝腾冲进发。季节更迭，怒江的景色又大不相同，一路上沿江两岸的美景与上次韩道来的时候已经大变样了。如今山花含羞，青草依依，再过一两个月，这里一定会是春花烂漫，一番五彩缤纷的景象。

腾冲，是个神奇又浪漫的滇西边陲县城，距离缅甸非常近，这里虽是当季的旅游冷线，但春节假期来消遣的人也不算少。

最知名的就是这里的热海温泉大滚锅，火山公园，还有可以吃露天烧烤的黑鱼河。韩道是第一次来，而褚遥对这里较为熟悉。

大年初一的晚上，两人肩并肩出去吃了当地特色的美食套餐。又徜徉在玉泉阁周围的夜景中，丝毫没有被腾冲早晚的巨大温差影响。

冷风习习，玉泉阁的水池被各处挂起的红灯笼和霓虹灯映照，五光十色，池中的大群金鱼也被这浓浓的年味感染，不分昼夜地在水中欢腾。

他们吃过晚饭一路散步过来，路过腾越三桥，腾越广场。好多人聚在广场上放烟火，灯火阑珊的夜色中，烟花绽放，不管是哪里来的游人都在此驻足仰望，举手高呼。

韩道将褚遥的双手捧在手心，帮她取暖，两人相视而拥，慢慢沉醉在这异乡的节日氛围中，心头充盈着难以言喻的从未有过的幸福。

大年初二，他们一直睡到了十点才起床。接下来的大半天，都是在雾气腾腾的浴谷温泉度过的。

泡温泉的池子都是依山势而建，绿树成荫，花开似锦，天湛蓝湛蓝的，躺在水里，仰望天空，鼻孔里飘满了淡淡的硫黄香，何等惬意。

后来的两天，他们又去了火山公园，热海景区，甚至在周围随便什么地方，自在地游逛。韩逍负责拍照，褚遥负责微笑，配合天衣无缝，十分默契。在褚遥的指点下，韩逍还吃到当地闻名已久的特色美食——饵丝。味道超赞！看介绍是以热海矿泉水、当地土鸡、土鸭和猪耳骨熬成的汤，配上特级饵丝做成的。还有，腾冲的坛子鸡、“锅子宴”，也都是食之难忘的美味，令味蕾感动。

对于他们两人来说，什么甜言蜜语、海誓山盟的情话，都比不上有彼此陪在身旁，挽着手去任何美妙的地方。

他们一起笼罩在热海“大滚锅”旁呼呼冒出的热蒸汽中时，韩逍趁褚遥不注意轻轻吻过她的额头；他们从汗流浃背地蹲在泉边用稻草包着煮鸡蛋和花生的游客身后走过，偷偷说着只有俩人才理解的笑话；他们从小贩那里买来地热烫熟的花生和小土豆，褚遥故意刨开一颗最烫的送进韩逍嘴里；他们手牵手站在“怀胎井”边，用石头剪子布来裁决是否让褚遥喝一口那神奇的池水。

过了美女泉，狮子头和蛤蟆嘴，浓浓的热蒸气渐渐变淡。他们一起目睹阳光穿过树丛，映照在蒙蒙的雾幔之上，一缕一缕的，仿佛天光。

假期的时间还很充裕，韩逍和褚遥又开车去了下一站——和顺古镇。这里属于热带季风气候，年平均气温 14.9℃，冬无严寒，夏无酷暑。一年四季，明媚阳光都会静静地涂抹在古镇街道上，暖暖的微风吹过，清澈的河面还有鸭子在悠闲的嬉戏，广场上甚至还能看到自由行走的孔雀。

或许是瞬间的恍惚，让韩逍觉得仿佛把车开进了一个极不真实的空间，好似不知不觉地完成了一次穿越，进而到达另一个春暖花开的世界。

这里游人寥寥无几，大街上有好几家古色古香、很有特点的建筑。天气晴好，枝头的花朵已开始争奇斗艳。韩逍将车停下，与褚遥走到了一家酒吧门前。

估计这家屋主祖上是进士，气势磅礴的门对上面还挂着“进士”的牌匾，现在却开成了酒吧。这家店的名字吸引了韩逍，他很喜欢这四个字——行者无疆。

为了等到这间酒吧晚上的营业时间进去一坐，韩逍和褚遥决定在和顺留宿一晚。他们去别处寻了一家干净舒适的民居住下后，韩逍第一次对褚遥讲起自己一直以来的理想，他就是想要像他的一位死党许远那样，做一个“行者无疆”、内心富足的真男人。

那晚，他们坐在酒吧里，喝着酒，聊了很多潜藏于内心深处的话题。褚遥把那些话听在心里，暗暗地试着去理解他。她越来越觉察到，韩逍并不是她原来想的那样充满不确定，而是一个很执着的男人，一个看上去不太现实，却是心灵距离她很近的男人。

但褚遥也很清楚，韩逍毕竟是习惯了都市生活的人，两人的感情就好比是一尊漂亮的冰雪雕像，一旦遭遇现实的炙热考验，其结果自然是慢慢融化，消失无踪。可即使就如这般收场，此时此刻的她也想牢牢握住，让这份冰晶玉洁的美好蔓延成永远。

次日，从和顺古镇回到腾冲县城，他们又去了比火山公园再远一点的黑鱼河和北海湿地。那里安静得只听得到自然的声音，轻风拂过荒草，暖阳照耀大地，空气中弥漫着水泽的芳香，芦苇丛中不时传来嘎嘎的野鸭叫声，天空蓝得好像一块晶莹的宝石。空气清爽干净，大口吸下去，整个人都会飘起来。

黑鱼河有一处清澈见底的潭水，以及一条长满碧绿水草的溪流，这里是褚遥最喜欢的景色。如果不仔细看，你会怀疑那些顺着溪流方向舒展得丝丝缕缕的水草，不是没在水下而是露天生长的，因为水清得几乎看不出来！水草一色的地方，简直绿得令人心醉。

沿着黑鱼河的岸边，还有几家打着遮阳伞招揽顾客的露天烧烤摊。在这样的美景中，还能吃到香气撩人的烧烤，真的是人生一大快事！

大年初七，他们准备返回雾里村。

“我们去六库的跃进桥看看吧？”走到半途接近六库的时候，褚遥突然想起什么似的，转头跟韩道说。

“哦？去那里做什么？”韩道有点没反应过来，莫名地问她。

“今天，正好是澡堂会的最后一天，人应该没那么多了，我们也去洗洗尘，如何？”褚遥边说边吃吃地偷笑。

见她如此表情，韩道顿觉蹊跷，瞪着眼睛望一眼褚遥，真有点摸不着头脑。

“去不去啊？肯定让你大开眼界哦！”褚遥再次神秘兮兮地怂恿他。

“去！行啊，你说去哪儿咱就去哪儿。您尽管吩咐，在下听命就是了。”韩道也不较真，阴阳怪气地应承下来。

“好，走吧，跃进桥温泉。”褚遥得意地扬手一指。

一路上褚遥解说道，那里过去是瘴气弥漫之地，如今则成了春意盎然，充满生机的好地方。不仅如此，那儿还是每年正月里，方圆百里的数千傈僳族民众聚集洗“春浴”的地方。

说到这儿，韩道才恍然大悟，褚遥刚才那颇有深意的表情原来正是为此。

“春浴”也就是“澡堂会”，韩道以前只是听别人讲过一次，但从没有想过到底会是什么样的情形。

这是云南傈僳族有着二百多年历史的节庆活动。每年的春节期间，当粉红的野樱花在怒江峡谷竞相绽放的时候，傈僳族人也开始进入传统的“阔时”节。年初二起之后的三五天内，最盛大的活动就是人们相聚在离六库十多公里的登埂跃进桥附近的怒江边，即十六汤温泉边，开始集体沐浴，迎接春天的到来。

过去，傈僳族人们来洗“春浴”时，个个都会穿上节日盛装。他们带上干粮菜肴，背上行李，在野外食宿。他们把“春浴”看作是一种文明、圣洁的行为，连久居山寨的老人也不顾年老体弱、道路崎岖，让儿孙们搀扶前往。现在由于外来的游客渐渐增多，这种传统的民族节庆活动也在渐渐被干扰、有所演变。过去的男女混浴，渐渐开始变成男女分浴；过去男女老幼和年轻人都会参与的传统，如今年轻人在减少，更多是中老年与小孩子。

他们或在岩石下铺上干草，或搭起帐篷，就地生火煮食。还有荡秋千、“摆时”（赛歌）、上刀梯、下火海（踩炭火）、射弩等庆祝活动。

到达十六汤温泉，韩道和褚遥寻到了一块距离那里大约半里多的绝佳扎营地——怒江边一块柔软的沙地。

不远处就是一棵巨大的攀枝花树，从树根下汩汩而出一汪温泉。这里人较少，而且也有树木的遮挡，把手伸进泉水中，滑而温润、热气腾腾、清澄无比。扎好营后，韩逍四下探查了一番，才准备和褚遥一起脱下衣装投身其中，好在他们两个都是有备而来，完全可以去车里换上在腾冲泡温泉时的泳衣再下水。

天色渐渐暗下来。头上的攀枝花树用巨大的华盖，替这边剩下的几个沐浴的人遮住了外来的目光与镜头。两三米开外，就是奔腾的怒江水滔滔而过。

在下水之前，韩逍从另一处较大的泉池边，第一次亲眼见到那么多年龄不一的傈僳族妇女，半裸着坐在一起沐浴的壮观场景。他们是三三两两结伴来到池中，就那么自自然然地脱衣下水，尽情地享受着大自然的施予，丝毫不因旁边那些一直观望的“衣冠楚楚”的异类们而感到惊异，反而是这些外来的游客浑身不自在地杵在哪儿，犹豫再三，最后才抵不住诱惑，决定解下最后的“面具”，同傈僳人一样，彻底坦诚相待一番。

说实话，当韩逍在褚遥的带动下也泡入池中的那一刻，只感觉到一种彻底将身心回归自然的放松，感觉到自己与万物浑然一体，又何来邪念呢?

只不过，这种放松很快就被另一个人打破了。

“姐姐！姐姐！原来你也在这儿啊！！”

那熟悉的兴高采烈的话音从韩逍的背面传来，说话间，褚遥已经抬头望到了正激动地摇着手，朝这边走过来的扎姆朵儿。

“哎！扎姆朵儿，快来，我还正想能不能碰到你呢！”褚遥说完偷偷瞥了一眼韩逍，抿嘴笑了。

这时，韩逍顿觉后背迅速长毛一般，尴尬得不知是该转身以对，还是待着不动。他挤眉弄眼地朝褚遥做着鬼脸，可已经太迟了。

后来的半个多小时，韩道几乎跟个快没电的机器人一样，说什么做什么都显得别别扭扭，快慢极不协调。

他眼睁睁地看着扎姆朵儿脱掉了身上鲜艳夺目的花衣裙，半裸着充满青春热辣的身体缓缓踏入池中，摆出一副若无其事的笑容。

两姐妹看着他的样子，又好笑又好玩，不过还是假装没看出来似的，故意跟他不停地说说笑笑，具体聊了什么，韩道怎么也记不清了。

唯有一件事，他清清楚楚地分辨了个明白，扎姆朵儿已经完完全全地接受了他与褚遥的感情，没有显出半点嫉妒和不愉快。无论如何，之后的很多年里韩道回忆起这一刻，都无可否认，对他来说这的确是一场别有风情的浩劫……

参加完如此活色生香的“艳浴”，韩道和褚遥又顺路把扎姆朵儿送回了寨子，才折返丙中洛，赶在第二天天黑前徒步穿过栈道，回到雾里村。是的，每个人都在既定的轨道上以自我的方式或匀速或加速运动，在杂乱无章的缘分里感慨谁与自己携手同行。终有一天，当看到渐沉的夜色里有一盏灯火为你温暖明亮，那些所谓前尘往事都不必理会了，此刻心中所萌生的悸动，想必只会浓缩成“爱”这一个字了。

回到他们那间不足十平方米，且早就被有娃娃的村民们送来的年货、自制美食、米酒堵满门口的“家”。不知从哪天开始，这里已经是只属于韩道和褚遥两个人的幸福国。

Charpter 10

这一程，转山转水转教堂

或许，当下的先进科技正在吞噬着所谓的现代文明，人们正被变成社会机器中的某个小元件，一旦不中用，就会被替换，所以大家永远处于焦灼之中，为了生存与生活有多重选择，却又以困顿疲乏为名，忘了生活到底应该是一个什么样子。

有人说，春天是属于诗人的，他会用尽所有柔情词句，细致地讴歌它；

有人说，春天是送给画家的，他会用画笔饱蘸丰富的色彩，铺就无数画布；

有人说，春天是专等摄影者的，他会乐此不疲地记录下，万千个美丽瞬间；

不过谁又能否认，春天最应该属于恋爱的人呢？

只是，自从回到雾里村后，褚遥便又忙碌了起来。假期的最后几天她一刻也没有消停，又要去县里奔波下一学期给学生们的课本和文具，又要继续联系公益捐助的事；她还以最大的热情建起了一个主题博客——记录接下来进行的支教生活，以及这里每一个需要帮助的孩子们的信息和学习进展。尽管这些内容未必就能吸引来那些真正能为这里的教育伸出援手的人，但如果不播撒希望的种子，又怎么能看到梦想都开花呢？不过，连她自己也承认，这注定是一件即耗精力又需要极大耐心的工作。

在韩逍看来，既然自己有幸能在这里生活，就一定不能对这里的每一个值得了解的地方再继续置若罔闻，反正自己既然在学校的事情上也帮不上褚遥的忙。他准备用相机拍下丙中洛周围环抱的十座神山的每一座，还准备亲自拜访这里的最有故事的教堂和寺庙。没错，这一趟下来拍的片子，让他在一群玩家的圈子里有足够的得瑟资本了。

三月是与春天约会的季节，北方还是冰天雪地、雪花飘舞时，云南已然春意盎然。

尤其是丙中洛这个充满未知、云山雾水、美如仙境的地域。如果每个旅者心里都有一个不一样的“香格里拉”，那么丙中洛可以说能符合百分之九十九的旅者的美好想象。

英国作家詹姆斯·希尔顿曾在1934年出版了长篇小说《失去的地平线》，作者留给世人一个梦幻般的世外桃源——香格里拉。当时，令出版商和作家始料不及地在欧洲引起了轰动。小说中所描写的整个“香格里拉”，各种信仰和平共存，四处遍布着基督教堂、佛教寺庙、道观和儒教祠堂。人们奉行适度的原则，对任何事情都保持一种适度的原则，即使对待欢乐也不例外。那里有雪山、冰川、峡谷、森林、草甸、湖泊，那里有美丽、明朗、安然、闲逸、悠远、知足、宁静、和谐等一切人类美好理想的归宿。

小说中的“香格里拉”在广义范畴的藏区。虽然中甸县已被云南省命名为香格里拉县，但也有不少专家们提出异议，认为位于怒江峡谷最北端的丙中洛才是符合其中描述的真正的“香格里拉”。

这里有让人肾上腺素加速分泌的风景；这里一直以来都被众神眷顾，在雄浑和婉约，苍凉与葱茏，峻险与平和之间；这里的大自然没有任何突兀，纯净得像记忆中儿时的眼眸；峡谷雪山之间错落着清雅而遗世独立的寨子，让人不忍扰其清幽，唯恐自己的庸俗之身玷污了出世之境。

丙中洛周围的群山中有十座有名有姓的神山，且每座神山都有自己的神主，他们分别是：甲衣更念其布（嘎娃嘎普雪山），巴拉生更格布（贡当神山），正桶都吉江才（怒江第一湾西面的雪山），信灵干嘎日浓（怒江第一湾西边的仙人洞），衣当都吉帕姆（纳依夺村的帕姆仙人洞），扎朵达雅初姆（秩科当大悬崖），杰才木拉目吧（达拉村南菁雪山），登雀其吉布卓（仙女洞），将太下灵信木（纳依夺村悬崖），妮日宗甲姆（日宗山）。

除此之外，每个奇峰怪石，每棵大树，每个菁沟都有自己的神灵。

韩逍按照已经夸出海口的伟大构想，开始了神山寻觅之旅，结果他花了两天一夜徒步跋涉之后，才刚拍到距离他们最近的嘎娃嘎普雪山的最佳面容。三五天以后，他终于察觉到，自己先前的想法简直太荒谬，要真正做到的话短时间内几乎不可能。

于是，他放弃了。转而把精力放到更容易踏足的教堂这一项。

曾经匆匆忙忙去过一次的重丁村天主教堂是韩逍的首选。有过一面之缘，自然更觉亲近。这次他打算在丁大妈的农家乐旅馆里住上一两日，所以来时便跟褚遥告了两三天的假。

重丁村虽是个不大的村寨，但丁大妈家还是挺气派的。就在教堂的对面，有一个大院子，大院铁门上书“丁大妈家”四个字，院落分两个区域，一边是自己住的旧院子，泥巴地木楼房；另一边是水泥院子，两层的砖混房。屋后有一株板栗树，据说是法国传教士带来的种子栽培的。院子旁是一间学校，晚上学校仍是灯火通明，一大早就能听见学校传来的读书声。

同丙中洛地区的大部分村寨一样，每天早起便是最美丽的时刻。这里四面环山，清晨的浓雾笼罩着常年积雪的山顶，往远处眺望，恍若八仙出入的蓬莱。

丁大妈已过七十岁，身体还算结实。天主教堂和农家院的里里外外都靠她一个人在忙。这是一个真正的多民族多宗教信仰的家庭，她是藏族，老伴是怒族，大女婿是兰坪白族，二女婿是傈僳族，三女婿是广西壮族，儿媳是纳西族，全家十几口，共有六个民族，是个真正的民族融和的大家庭；具体到宗教信仰又分为三种，天主教、基督教、佛教，大家互不干涉，互不影响，相处十分融洽。

丁大妈家对面的天主教堂是一座白色的法式建筑，这座独立于山谷之中、略带神秘的教堂在当地可谓是赫赫有名。大门上蓝绿色的带有西洋味道的雕花非常漂亮，在四周都是大山、岩石、瓦盖木楼的环抱中，这座教堂显得格外与众不同。

是什么人远渡重洋来到这里传教？是什么力量支撑着其克服了语言、生活、交通等等难以想象的困难，将这里作为传送福音的地方？在韩道无敌好奇心的一再追问之下，丁大妈讲起过往的故事。

教堂外有一座很不起眼的坟墓：墓碑上写着“任安守神父之墓（1856–1937）”。正是任安守神父把天主教带到了怒江。他生于法国多姆山省克莱蒙氏，1886年7月来华，先在西藏教区传教。1898年到贡山丙中洛建堂传教，直到去世。

1921年，任安守才在重丁村买了一块地，从剑川请来了木、石、绘画、雕刻等匠人，新建了重丁大教堂。大教堂前后花了十年时间，于1935年落成。大教堂盖成后，任安守任重丁教堂司铎，李文增（汉族，四川人）任秋那桶教堂神甫。任安守在重丁村生活了近四十年。他的墓建得很简单，上面覆盖石片，一个木制的十字架，甚至没有墓志铭。重丁教堂在“文革”期间被毁，1996年在原址上重建，规模远小于过去的大教堂。

用现在的标准来衡量，那时的怒江属无人区，非但远离工业文明，就连农耕生活都十分落后，任安守能且终其一生，单单是这种为信仰而献身的精神就足以令人敬佩。莫名想起《论语》里“一箪食，一瓢饮，在陋巷。人不堪其忧，回也不改其乐”的训诫，那份无怨无悔的付出，多像此刻的褚遥啊？或许，此刻的先进科技正在吞噬着所谓的现代文明，人们正被变成社会机器中的某个小元件，一旦不中用，就会被替换，所以大家永远处于焦灼之中，为了生存与生活有多重选择，却又以困顿疲乏为名，忘了生活到底应该是一个什么样子。

韩逍站在教堂的门外，凝望着远处的山崖，有那么一刻，他尝试去寻思百年前山路上的那个孤独的身影，感受到一种难以抗拒的灵魂力量。

那晚，韩逍和其他几位旅行者一起围坐在丁大妈家的火塘旁，小声谈论，互询各自来此的目的和感受。韩逍没有多言，只是内里暗暗地想到了自己的将来。他真的能在丙中洛留下来么？会多久？是几年、几十年，还是终其一生？他能否做到心安理得、毫无旁念地留在褚遥身边？或者，他能在这儿找到自己存在的价值么？

火塘里的木块燃烧着，窜出的火苗映红了每个人的脸庞，春日的夜晚，仍有些寒冷。

白汉洛教堂是怒江地区最古老的教堂，也是由任安守建造的，位于丙中洛乡的白汉洛村，这是碧罗雪山腹地又一个风景如画的小村子。

这座教堂建于一百多年前，是中西结合的木结构建筑，最初的白汉洛教堂比现存的要壮观几十倍。但在一百多年间，这座教堂屡次被毁。现存的重建于二十世纪八十年代。

在白汉洛背后，山的另一面还有一座茨中教堂，拱形门廊上写着一段法文：劳累和辛苦了一天的人到这里来。

虽然韩逍不信教，不过他顺山路从一个教堂来到另一个教堂，听完不同的故事，倒有一种行走于过往时光的错觉。徒步于山林之间，听到教堂的钟声回荡在峡谷里，心底隐约感到仿佛正在不断被澄清。坐在教堂的肃穆和寂静里，默默聆听自己的呼吸，整个人渐渐变得有了着落。

听村子里的人说，韩逍去的不是时候，如果要是赶在圣诞的时候到教堂来，则又会是另一种情景。我们在城市里，圣诞只是热闹的一夜，多少借口都要留在那个暧昧的夜晚去完成。而在山中，教堂的圣诞庆祝会持续整整一天。早上，留给神，下午，还给人。酒壶在村中空地上，一圈一圈倾洒，老人围在教堂的小院里，其他的人在外面，人们都在舞蹈，姑娘们在欢笑，小伙们脱了衣服，在球场上奔跑。就连几十岁的老妈妈也会喝醉，爽朗地笑着。

那些圣诞的舞蹈，在百年前的第一个圣诞节就开始了。如果遇到下雪，一夜间山村不见了，晨雾里满树银花。教堂，静默在那里，隐匿在偌大的银色世界中，纯洁似天堂。

白汉洛教堂曾有位安德瑞神甫，他在这里的时候负责修通了三条翻越碧罗雪山的人马驿道。从白汉洛到茨中，白汉洛到永芝村以及腊咱到维西的岩瓦村。如今这些驿道已经成了探险旅游的黄金线路。

从白汉洛到茨中。韩逍顺村后上山，经过当地人的一块墓地。山上有一块高山牧场，经过四小时的攀登，到达海拔三千九百一十六米的一个丫口，然后下山，两个小时就能到塞瓦龙河旁的迪瓦扎冲牧场宿营。迪瓦扎冲，意为有大石头的地方，这里四面环山，雪山环绕，绿色的牧场格外醒目，还有多条瀑布挂在山涧。平坦的牧场中间，一块巨大的石头兀自矗立，周围山坡上的几间牧屋炊烟袅袅，恍若世外。第二天，顺塞瓦龙河往上游，翻过海拔四千一百六十米的色腊丫口后，顺茨姑河而下，下午可到茨姑或直接到茨中。

韩逍不知不觉又在山里走了四五天。虽兴致未减，但这跋山涉水的徒步行程的确非常考验体力，他到达茨中时着实感到很累。

这一次他遇到许多始料未及的惊喜，相机里已经存储满满，都是难以言说的美色。他必须要赶回雾里村去，导出片子，跟褚遥汇报自己的收获。

刚走到校舍前的岔道口，韩逍就被两三个孩子迎上来。

显然，他们是冲着他手里攥着那一大捆各种不同颜色不同形状花冠的鲜花来的。这是韩道回来的路上边走边摘的，本想送给褚遥一个惊喜。

可孩子们一眼看到这大丛的美丽野花早就急不可耐，争抢着讨要。幸好韩道早有准备，手里的这捧野花也足够多。

“我要红的！”

“我要，要白的！”

“黄的，紫的，粉的……”韩道按照孩子们的要求，一人一支，分发起来。

听到这边哄闹的声音，来抢花的孩子更多了。褚遥笑吟吟地站在一旁看着他被孩子们团团围住，一个个高举着手，蹦跳着挑选自己喜欢的花。而韩道被追逐着四下兜圈子生怕被抢光了。

韩道费尽力气才守住了最后的一小捧花，可抬头一看，一个更大的“采花大盗”站在了面前。

“扎姆朵儿！你……你怎么来了？”神情未定的韩道惊讶地问。

“哈哈，韩哥哥，你不知道我来吗？这么好看的花不是为了欢迎我吗？”扎姆朵儿笑嘻嘻地凑近吻了吻他手里的花，俏皮地做了个鬼脸便伸手把花拿了过来。

韩道本想握紧，却又不好意思，只好由她夺去，目光瞥了一眼站一旁的褚遥，做出一副无辜的表情。

扎姆朵儿见他如此，又哈哈大笑起来。“韩哥哥可真小气，摘了这么多鲜花都是送给姐姐的，我连一支也没有，还不如那些小孩子，哼！”

虽是嗔怪的话，扎姆朵儿脸上却看不出半点不快，说完还故意用夸张的动作双手把花塞进了褚遥的手里，假装生气地走开了。

褚遥笑着，见扎姆朵儿走到教室门口帮她去招呼孩子们上课去了，便上前帮韩道卸下了肩上的大背包。“你回来的正好，我正有事要问你的意见呢。”

“哦？什么事？我这次收获可不小，晚上把片子导出来给你看哈……”

两人边聊边走到后面的宿舍。

褚遥在前两天收到一封来自德国的邮件，是她之前认识的一位公益志愿者发来的，对方名字叫塞巴斯蒂安·福格特。邮件的内容大概是说，他过阵子要来中国云南，其中的一项工作就是考察贡山县丙中洛地区的泥石流灾情防护的情况，到时候会有机会来丙中洛顺道看望褚遥。

她把这件事告诉了韩道，这位朋友是个非常有能力的公益大使，希望借这次机会请求塞巴斯蒂安为这里的教育努力做点什么事。

“你觉得我的想法可行吗？我要不要也加入塞巴斯蒂安那边的国际公益组织？”褚遥认真又满含期待地望着韩道问。

“呃……他能帮上忙当然好了，我真说不上什么意见……要不然，还是等他来了问问清楚再说吧？也不是什么公益组织都适合加入的吧？你觉得呢？”韩道的确对这些事知之甚少，他多希望能三下五除二立马能成为褚遥的高参，但很显然俩人根本还没在同一个频道上。

韩道一边含糊其辞，一边跟自己怄气。两人不得不陷入短暂的沉默。

片刻过后，褚遥将气氛恢复到轻松模式。“没关系啦，等他来了再说吧，反正我这边的工作也还没有完全进入正规，这两天要动员还没来报名上学的家呢。你走了这么些天，先休息一下，我去看看扎姆朵儿怎么样。”

见褚遥略带失落地要走出门，韩道才又问：“扎姆朵儿来做什么？”

“她啊，我叫她来帮我的，孩子多了，我有时候照顾不过来。她早就跟我说过想当老师，正好就这个机会锻炼一下，说不定以后真的可以当个小老师呢！”褚遥说完脸上再次浮起微笑，没等韩道再多问便消失在门口。

事实上，韩道的确有问题要问，而且都已是话到嘴边了。他想问：“你觉得，我现在开始在这里做点生意怎么样？”

Charpter 11

也许是因为慌张，迷失了方向

曾国藩曾说过，天下大事，必做于细。不“懂”事的人只知其大，不知其细。事情都是看似简单，做起来烦琐细碎。所谓专业，无非是能够精确精美地处理每个细节。目无余子，欲取天下，非但不能踏实做事，只怕会距离稳重成熟越来越远。

傍晚的阳光，从碧罗雪山那边渐渐下落。山顶的白雪被染成了金黄色。

很快，丙中洛四周的莽林便会被黑色吞没。夜色降临，这里的餐馆陆续送走了最后一桌客人准备打烊。韩道再次来到这儿，还是住在德拉姆客栈里。

此时，飞鼠开始在林间滑翔，蝙蝠也要倾巢而出；怒江峡谷中的每个夜晚都是如此安静，又如此暗藏奔忙。累了一天的徒步狂和骑行狂们早早地回了房间。

人人都讲，丙中洛是世界上最后的“香格里拉”，是一块被眷顾的原始土地。然而，它的改变也正因为来自各地的行者踏足与交流加快了速度。开垦者们从西藏、从不同省份、从不同国家走进丙中洛，他们通过一条人马驿道将外面的文化带进丙中洛，再将丙中洛介绍到外面的世界。尽管这里只有一条狭窄的山涧道路，只有隔江穿行的溜索、吊桥在维系着它与外界的联系，可仍然有种不可阻挡的力量在改变着这里的生活。无可否认，这个神秘而庞大的天然宝库已经被很多人看中，且当作一个无可估量的寻宝之地。

韩逍这次来丙中洛小住，正是带着很多探查的想法，所以，次日的赶集日绝不能错过。

格桑是从北边的察瓦龙过来，风尘仆仆。皮肤黝黑的他赶到丙中洛时天色已近黄昏，汗水使他裸露的皮肤像涂抹了橄榄油一样，黝黑且光滑，一块像龟壳一样的东西盖过了他整个背部，压得他气喘吁吁。

他刚来到丙中洛的街上没走五分钟，就被好几个人围堵上了。出来闲逛的韩逍也正好碰个正着。

“小兄弟，说个价好不好？”

“这么着，你先背到我那去，咱们价格好商量！”

“我出五千，行不行？”

格桑被这些操着各种口音的人你一言我一语地征询了老半天，始终没有开口。等这些人空挣白抢，实在有些没辙的时候，他终于把身后的宝贝放了下来，就地蹲下来，也不管这些人们乱哄哄地说什么，他就是一句话：“六千，少了不行。”

格桑来丙中洛就是为赶集的，他身后背着的是一块巨大的千年灵芝草，一定是经过千辛万苦的跋涉才采到的。看样子，成色还不错，要不然这些陌生人也不会主动这样围追堵截。但是格桑从山里送山货下来也不是头一回，不管是药草、毛皮、禽羽，还是任何罕见的物件，他都卖过，虽然年纪不大，但做这样的买卖他也算是有过两三年经验的老手。

他来丙中洛赶集就想获得一个不错的价钱。这里千百年来一直是茶马古道上最重要的驿站之一，无论是谁，都能在这里嗅到金钱的味道。

韩道就站在一旁，兴致勃勃地看着格桑和这些人锱铢必较地对垒了许久，最终生意还是没有达成。格桑似乎并不着急出手，毕竟第二天才是赶集日，一定还有不少机会。

看着格桑重新背起那个巨型灵芝草消失在夜色里，那几位惋惜连连的生意人也四散而走，韩道便跟其中一位同方向的人边走边攀谈了几句。

这人姓陆，来自四川某地，带了一家人都来到丙中洛做生意——就做收购山货的买卖，然后再到外地转卖赚取差价。

“不只我们一家人是外地来的，周围好几家都是来做生意的，呵呵，前几年生意还不错，这几年山货少了，很多货都开始被查禁了，生意少了很多。”陆先生跟韩道笑呵呵地聊了几句，虽然眼神里能看出精明与沧桑，可话说出来却让人感觉诚实可靠。

“现在都什么好做些？”韩道故意装作随意地问道。

“呵呵，这也不好说啊，现在我买卖淡的时候，都弄些普通药材、茶叶啊，民族工艺品啊什么的，也能凑合做。山货虽然少了，但咱总不能做违法的买卖，你说是不？呵呵……”

“刚才那个灵芝，你觉得咋样？”

“好货是一定了，美中不足有一点点破损。这种几十公斤的灵芝现在罕见得很，价格嘛我再琢磨琢磨，等下再去找那个小兄弟谈谈。”

“感兴趣就拿下啊！”

“当然了。实在不行就按他的价给了……主要是货色真不错！”

韩道看得出来，陆先生对刚才的灵芝草还是心怀不甘的，他一边走还一边默默捣鼓，应该是为价格费脑筋。

告别了陆先生，韩道回到德拉姆，自个上网查了查才知道，像格桑背上那样的千年灵芝，如果没有破损，品相好的话可以在城市里卖到好几万元。

第二天一早，深山的集市上逐渐热闹起来，市场前面的屠夫已经卖掉了半只猪，村民们打来的飞鼠在街上成堆地贩卖，水果、大米、猪肉、狗肉、块菌、蔬菜、各色电器、衣服等等一应俱全。有当地的村民带着猎来的飞鼠送到市场，用来换取大米、洗衣粉等生活必需品。当然，市场上最好卖的商品还是酒，有几个从桃花岛上来的小伙子迫不及待地坐在街头，把换来的酒打开喝起来，其中两人没多久便醉倒在街头，就地而睡。

清晨，丙中洛被一层薄雾笼罩。天刚亮，韩道便和陆先生以及另外几个生意人兵分两路，一路去往东风村，一路去往秋那桶，他们要赶在别人的前面，才能收到更多的山货。

与韩道的漫无目的、只顾跟随不同，陆先生等人进了山都显得从容许多。他们在丙中洛街面上有个店铺，平时都是结伴出来收购山货，手机里几乎存着周围每一个村寨里所有人家的村民电话，他的电话本就等同于一本完整的丙中洛黄页，每次赶集之前他会挨家挨户询问，然后约定时间到这边来取货。

有货品出售的村民要把货物背到路边也要至少花半个多小时，所以一进山韩道就听跟他一路的两三个人的手机铃声不停地在山谷里回响。

他们把皮卡车停在了离村寨最近的路口，货厢里装着啤酒、白酒和香烟，然后徒步进出，接到货付完钱，便继续在山路上绕着圈开往下一站。

这次他们又路过了重丁教堂和丁大妈家，然后在石普大桥通往雾里村的地方停了下来。已经有人早早地等在了桥头，背来的是韩道都叫不上名字的一些药草。其中还有雾里村的一个人，看到韩道觉得眼熟，便打了个招呼。他没有用货换钱，而是从陆先生这里换了一些白酒和香烟。

韩道听老陆介绍说，他们到各个村寨收山货大多靠的是熟客，雾里村还有个倒插门的四川老乡现在负责把全村要卖出来的货品都收齐，然后卖给他们，来来回回现在也混成了个小老板。

最初，老陆他们的生意可没有现在这么轻车熟路，全靠自己的双腿跑遍了贡山县的每一处地方，所以才获得了手里那本无比珍贵的生意“黄页”。不过，他总是希望村民们能够主动找他联系送货，那样会更加省时省力，毕竟这山路来回一趟至少要十多天才能出来，若是遇到天公不作美，时间更难控制了。

“现在好多了，刚来丙中洛那几年，跟这里的老百姓做生意都非常不习惯，他们跟我们不一样，成交与否跟价格因素无关。”老陆装完货，抽着烟跟韩道说，“当时很多老百姓没有价格的概念，卖东西也不论斤论两，他觉得值多少就叫多少，而且从不还价。不过，你要是肯陪他们喝酒，一旦兴致到了，就一准会卖给你，价钱也无所谓，呵呵……别人再多给他都不答应！”

如今，多数原住民在这样的贸易交流中学会了更合理地使用钱币，甚至习惯了同游客讨价还价，还学会了自己做一些小本生意。

天近黄昏，秋那桶那边的人打来了电话，货没收到多少，他们准备休息一晚继续往里走。说到底，这样的买卖，除了靠自己的辛苦，不惜把腿跑细的横心，还要靠灵敏的生意嗅觉。韩道越来越觉得，跟这些做淘宝生意的人走这一趟，虽然亲眼见到了他们如何周转，如何讨价还价，如何识别山货的品质，可这些还远远不够，算下来这些差价似乎并不值得他们这么长年累月的跋山涉水，其中的门道他应该还没有窥得一半。

扪心自问，这样的辛苦买卖，他能做吗？

民族工艺品？山货？药材？石材？茶叶？

似乎选择项很多很杂，可似乎又没有什么最佳选择，韩道仔细掂量着，心里尽是毫无信心、迎头瞎撞的混乱想法。

在这之前，韩道也曾是下过一番纸上功夫的。

他从另一角度了解了丙中洛。得知这里一直以来就是贡山、福贡、察隅等地各个乡区最集中的贸易地。丙中洛通往西藏东南地区的马帮队今天仍在古道上穿行，为的就是物资的进出往来。这条活着的茶马古道，始于丙中洛，沿峡谷溯怒江北上，通往西藏林芝地区察隅县察瓦龙乡政府所在地扎那，这条路既是滇藏古驿道，也是现今的西藏察隅县察瓦龙乡沟通外界，唯一常年通行无阻的道路。

自从各地那些敏感的商人们来到丙中洛，在这个不通公路的“荒蛮”之地，他们忍受着蚂蟥的叮咬，冒着被黑熊攻击的危险，寻觅于山林之间，的确为自己淘得了富足一生的财富。

第一批进来的商人多数都发了大财，收购药材的现在已经成了资产超亿的大药材商，收购宝石的现在已经成了东南亚最大珠宝公司之一，淘金的、赌玉的，这片神秘而原始的土地不知道成就了多少富翁。

像老陆他们这样的商人，最初进入丙中洛就是为了寻找最大的差价，他们曾以最低的价格收购了大量的麝香、虫草、熊胆等名贵药材。甚至早些年，打猎还是合法行为，有人从山里猎来野生动物送下来，专门等外地的商人来收购。

“当时的老百姓淳朴得很，你把钱放在路边，只要用块石头压住，他们就知道这钱是有主的，没有人会去动一下……”老陆回忆起父辈讲过的情形，跟韩道如实地讲道。

韩道听着不由地连连赞叹。

他似乎感到心里已经有了一杆秤，开始清清楚楚地掂出自己的分量。

第二次拜访丁大妈家时，韩道就曾经跟她聊过很多关于旅游接待的事。

他曾经细细地盘问过丁大妈，她的农家院建起来用了多久，耗费的木材和石料都是怎么弄过来的，花了多少钱，现在经营起来状况如何等等。从丁大妈的嘴里听到的都是实诚的话，她本来也就不是那种为做生意而开旅店的人，儿女们虽然都成了家，可没有几人全力来帮她，好像也都没有把她的农家院当作可以养家的生意。

像丁大妈这样的人，在丙中洛并不少见，他们留在这里生活，也都找到了自己的位置，他们没有那么多运营的概念，只是随行就市而已。

相比之下，德拉姆的老板——“蚂蟥”的生活却另类一些。他穿着古怪，行为古怪，说起话来还是有些古怪。他是昆明人，却来到丙中洛开起了酒吧，而后又开了客栈。看上去这是个随心所欲的角色，可又的确是个颇有头脑的生意人。他开起客栈后的主要业务就是经营车队，他的生意不仅在当地很知名，甚至通过网络也让全国各地的驴友们都得知其名。

“蚂蟥”的“德拉姆”客栈远近闻名，他经营的车队，主要承接包车旅游业务。大家都知道走“丙察察”这条线路，不是一般人都可以顺利通行的，没有几年的越野驾驶经验，对丙中洛的地形、气候甚至野外生存方面没有足够的熟识程度，是万万不敢贸然接揽生意的。

客栈已经是“蚂蟥”稳定的经营项目，而穿越车队却依然是他最热衷的业务。他经常亲自带队穿越“丙察察”，像那些常年来往茶马古道的马帮一样，对这条路上的任何情况都了如指掌。不得不说，他对从事穿越旅行这项买卖，真的是地道的行家里手。

当游客走进酒吧，他有意无意地将电脑里那一张张绝美的风景照翻出来，毫不保留地让大家看看，用最美的风光触动灵魂最柔软的地方。最后他会告诉你，他可以开车带你去，价格根据路线而定。

“有一次，开朋友的车到成都，遇到几个想去西藏的人就拉上他们一起了，后来这些人给了我一笔钱。”每当回忆往事时，“蚂蟥”总这样云淡风轻。在路上的生活就从那时候开始，因为这次巧遇，他找到了一条生财之道——包车进藏。

这确实是一条不归路。他们来回于川藏、滇藏、青藏之间，数不清有多少次用丰富的经验避开危险，用超人的耐力穿越无人区。他的故事总是在路上，他的生活也总是在路上。

精瘦的“蚂蟥”极富感染力，而精明的“蚂蟥嫂”又是颇懂经营的人，这对夫妻组合与其他赚了钱就离开的投机者不同，他们已经成为丙中洛的一部分，就连生活习惯也与原住民别无二致，所不同的，或许只是他们更懂得经营自己的生活，日子也过得更滋润一些。

韩逍在心里暗暗地盘算，筹划着。他似乎可以像那些新近的外地移民一样，努力找到生财的路子，在丙中洛定居下来；他好像也能具备包车旅游这样的赚钱条件；他为了褚遥也有十二分的决心要留在这里，不再离开。

但是，他到底能做什么呢？已经考察过的这几种生意，他都没有十足的信心，也都无从下手。

曾国藩曾说过，天下大事，必做于细。不“懂”事的人只知其大，不知其细。事情都是看似简单，做起来烦琐细碎。所谓专业，无非是能够精确精美地处理每个细节。目无余子，欲取天下，非但不能踏实做事，只怕会距离稳重成熟越来越远。

晃悠大半个月之后，又从丙中洛无功而返，韩逍心里一直闷闷不乐。他慢慢地发现自己在这里根本找不到位置，当初异想天开的“生意”，也都因为不切实际而宣告夭折。他不想让褚遥看出来自己心里的挫败感，可因为整日无所事事又不得不装出有很多想法要忙，反而显得更加急躁不安。

另一方面，褚遥是真的很忙，每天都会为许多杂务、批作业忙到深夜。自从有了扎姆朵儿帮忙，她的野心好像越来越大了，为丙中洛其他村寨的助学新构想正在她内心一步步地清晰，也正构成可行性计划。

与此同时，横亘于韩逍和褚遥之间的现实，终于因为另一个人的出现而浮出水面。

她们第一次发生了不可调和又误会丛生的矛盾。

Charpter 12

大鼻子“情敌”与知子罗

到底什么是爱，怎样去爱，才不会如此脆弱不堪？如果只是出于满足一己的心愿，为付出求索求更多回报，爱又与贪何异呢？那些口口声声说今天比昨天更懂得爱的人，是否可以划分出二者的界限？

“中国通”塞巴斯蒂安·福格特来到丙中洛看望褚遥的那天，扎姆朵儿正巧不在，要不然，她一定会为这个俊朗的男人尖叫好久……

褚遥和韩逍也正因为心知肚明，却没有捅破的嫌隙彼此躲闪。她们两人甚至没有发觉，好几天以来，两人只是按部就班、默默相对，各自做着手头的事，尽力维持相安无事的氛围。

直到韩逍看见塞巴斯蒂安扬着手里的棒球帽，兴高采烈地向的褚遥打招呼的时候，他才猛然察觉，褚遥脸上暗淡了好多日子的笑容又重新绽放了。他甚至有种错觉，褚遥双眼流露出的喜出望外已经大大超出了她之前的描述——这，这怎么可能是只见过一面？

两人夸张地提高声调打着招呼，旁若无人地拥抱着——好吧，就算是代表了友谊和祝福，也不应该把韩逍这张写满休止符、表情难以形容的脸搁在一边，视若无睹吧？韩道张了张嘴，很想走上前搭腔，可人家根本没往这边看，任凭他像个呆木桩一样戳在那，慢慢隐身成了雾气，消失不见。

“褚遥，见到你太高兴了！没想到你比我印象中更美了！”塞巴斯蒂安把身后的登山包就那么随地一搁，双手扶着褚遥的肩膀，目光比当天普照雾里村的艳阳还要炽热。

他是个英武俊朗的德国帅小伙，身材高大健壮，高高的鼻梁上有一双湛蓝如海的眼睛，一头浅金色柔软卷曲的短发，鼻翼两侧隐约还有西方人特有的小雀斑。虽然是远途赶来，一身的风尘，却丝毫看不出他的疲惫。他身上带有一种极具感染力又无法比拟的气质，整个人显得活力充沛、自由自在。

“谢谢，福格特，没想到你这么快就来了！”褚遥浮起醉人的微笑，毫无芥蒂地任由对方用一只手轻轻拢了拢她的发梢。

“嗯，我这次来有任务在身，况且我也很想再见到你，我心目中女神啊！”

“哈哈，你每次都吃完蜜糖才跟女人说话吗？还是老样子，一点都没变！”褚遥对塞巴斯蒂安这种露骨的赞赏有点招架不住，脸颊微微发热。于是，便故意拿话挡住了他一贯的滔滔不绝。

“谁说的？我对别的姑娘可从来不会随便说的，只有对你才说这样的话，你还是不相信……”塞巴斯蒂安耸耸肩，撇了撇嘴，表示十分无辜。

“女神”被这滑稽的样子逗乐了，转过身示意他跟上，她想先带他去见韩道。这才发现刚才被隐身的那个“呆木桩”——韩道终于从空气里滤出来，表情比囧字还难看。褚遥心头有几丝尴尬一掠而过，转而笑着训话："你就瞪着眼站在那儿，也不给客人准备茶么？"

"哈喽！"韩逍感觉自己有点傻兮兮。

"福格特，我给你们介绍，这是韩逍……这位就是我说的国际友人，塞巴斯蒂安·福格特，咱们到屋里坐吧？"褚遥带着塞巴斯蒂安走到韩逍的近前，边给他们彼此介绍，边快速躲开了韩逍的视线。

两个男人客套地握了握手。紧随褚遥走进了她狭小的宿舍。

塞巴斯蒂安还很兴奋地带着好奇心，在褚遥的屋子里左瞧右看；韩逍则礼节性地为对方搬了一张木凳子，自己则站在门口，一言不发。

褚遥忙着用火塘给塞巴斯蒂安烧茶，三个人好似谁也没打算再讲话。

"韩老师，你是什么时候来这里帮褚遥的？你也是志愿者吗？"塞巴斯蒂安终于耐不住性子，率先向韩逍投来了橄榄枝。

"呃……我不是，我……"这话正巧戳中韩逍的痛穴。吞吞吐吐，脸色刷一下变黑了。

"福格特，你现在还是全世界乱跑吗？这次来中国又是什么任务？"褚遥知道这两人说不到一块，任他们两个再僵持下去气氛会更难堪，便及时地岔开了话题。

"哦，我一直都是这样，现在我加入了 GCAP，就是全球消除贫困联盟的志愿者，这次组织派我来这里一个叫知子罗的地方去考察，那里你一定熟悉的吧？"

"知子罗啊！知道，我去过一次，你去哪儿考察什么？"

"是有人申报的新资助项目，不过要我们做一个详细的调查报告。听说那里在很多年前是个美丽的县城，后来因为地质灾害把居民全部迁走了，现在又有很多人冒着危险迁了回去，我们要做一些灾害防护方面的考察研究，才能决定是否把善款用来帮助原住民重建。”

“真的？有这样的好事啊！你知道吗？好多傈僳族和怒族的人住在北边的山里，生活条件还是很艰苦的，能安全的迁回到县城去住他们得多高兴呢！”褚遥似乎一下子被塞巴斯蒂安的伟大行径感动，十分热切地跟他聊起知子罗的情况，韩逍再次被无话可说地晾在了一边。

两人越说越起劲，褚遥竟然决定打电话把扎姆朵儿叫回来，然后亲自陪塞巴斯蒂安去知子罗考察两天。

“那个……扎姆朵儿能上课吗？她一个人不行吧？”郁闷了半天的韩逍，终于找到了可以打断他们的机会，急忙抢过话来问。

“没关系，简单的内容她早就应对自如了，我会交代好的。再说她也不是一个人，不是还有你吗？”褚遥仍微笑地看着韩逍，似乎一点也不觉得他应该对此事有什么意见。

“我的孩子缘儿可差了，估计会越帮越忙，倒不如我开车送你的朋友去知子罗，你安心留在学校吧。”韩逍试探性地征询意见，眼睛一眨不眨地望着褚遥的表情变化，希望她可以理解自己的苦心。

“算了，那样太麻烦，你留下，我陪他去一趟，先搭一段车，然后步行就好了。”褚遥应该是有意背离韩逍，很干脆地把他那点灰暗的小心思又扔了回来。

这下，韩逍再没辙了，面无表情地站起身，径直朝村子里某个不确定的方向走去。

褚遥和塞巴斯蒂安从雾里村出来，先是搭了一段车北上到福贡，穿过匹河乡后，徒步向前走了大约两公里，再转入右侧的岔路，沿着蜿蜒狭窄年久失修的盘山公路旋转而上，又走了十几公里才到达知子罗村。

途中的景色美不胜收，走到县城遗址前还经过了这一带著名的老姆登教堂。

循着上山的路再往前走，便能看到一些建筑群在逐渐放大，知子罗老城的面貌逐次跃入眼帘。虽然总体感觉有些老旧残破，但这里远比褚遥想象中还要大，依稀可以看得出往日的热闹辉煌，就如同一个没落的贵族子弟，低眉垂手静静地站立在此。

刚从山林间穿行而来，眼前所见，会让人心头充满一种强烈的失真感。

从大理经兰坪，翻越碧罗雪山，经知子罗，到达怒江峡谷历来是一条著名的古道。知子罗这座老城也是怒江峡谷早期仅有的集市之一，而继续翻过高黎贡山，只要一天时间就可进入缅甸境内。地处这边陲咽喉要道上的知子罗在建国后就成为碧江县县城，1954 年又进一步成为怒江州州府，作为怒江地区的政经中心完全进入鼎盛的繁华时期。

由于特殊的地质构造，每年的雨季怒江大峡谷都是泥石流多发季节。当地老百姓一直以来都习惯住自己的“千脚落地”房，而把那些钢筋混凝土房用来关牲畜。1979 年，一场瓢泼大雨持续了半个月，有地质学家预言，地质运动可能导致山体滑坡淹埋县城，于是政府弃城迁往东边的泸水县六库镇建州府。1983 年，知子罗东面出现了小的滑坡现象，惊慌的人们进而推想整个县城也会出现危险，便产生了搬迁县城的设想。1986 年圣诞节，在知子罗地质状况没有出现特别异常的情况下，碧江县却因为“地质灾害”原因被撤销了。从此，知子罗由州首府所在地、碧江县政府所在地，一落千丈地跌为怒江州福贡县匹河乡知子罗村。二十年过去了，未知的灾难还停留在预言中，好端端的知子罗成了一座“废城”，昔日耀眼的光环也随之消逝。

作为悬于怒江上空的一座废弃县城，知子罗海拔近两千米，背风向阳，在迷雾里若隐若现。如果从高黎贡山向西眺望，隔了湍急的怒江，知子罗俨然一幅特效处理的灰色砂画，镶嵌在碧罗雪山的葱郁山坡上。就是这样一座美妙的半山城市，如今让人看来，却不禁心头阵阵发紧。这里既非城市，也不似怒江峡谷常见的乡村。那些灰蒙蒙的时代建筑，模糊的标语，那些墙面斑驳的砖石楼房，似乎再不会亮起灯光的木窗，总让人觉得空寂不甘，难以言说。这里的一切似乎让时光定格在二十多年前。知子罗，也因此成为中国都市图变之前的最后模板。这应该是一座记忆之城，无意生沧桑却满目疮痍。用傈僳语解释它的名字“知子罗”，意思是“好地方”。

他们爬上半山腰的县城向下俯瞰，怒江大峡谷，农舍梯田、西南通道尽收眼底，颇有战略优势。整个老城呈弧形排列在山峦包围之中，背靠的是碧罗雪山，隔江相望的就是高黎贡山。那种遗世独立的风度不亚于马丘比丘。一条并不很宽的主街把老城一分为二，主要的城区建筑基本都沿街分布。高大绵延的高黎贡山是中缅的国界线，也仿佛是知子罗的天然屏风。这里的山上经常云雾缭绕，雾起时老城时隐时现，缥缈如仙都所在。

褚遥带领着塞巴斯蒂安走进知子罗老城区的主街道，边走边与他聊起这里的过去。仿佛每一座建筑都是一个二十世纪八十年代电影的道具场景：八角楼图书馆、门窗破旧的工人俱乐部、废弃的学校和篮球场、电影院、邮局、县委大院，还有老式拖拉机、斑驳的石墙，一切仍停留在

1986 年前后，历史被定格，到处充满着神秘和怀旧气息。

天气多云转阴，此时此刻，站在街上都能看到头顶的烟云飘动，恍如步入天街。残旧的街道两旁是破落的大院，墙上门上是随处可见的标语，有的出自“文革”时期，有的出自改革开放之初，有的出自搬迁动员之时。县委大院沿街的墙皮上布满密密麻麻的图钉眼，可以推测当年这里的纸上风云该是何等激荡！

原来人们进出县委的拱形大门，如今已被封闭，成了堆满柴火的储物室。院子里的一切都显得破败杂乱，可这些生命却总是在人们忽略的地方张扬地存活着。塞巴斯蒂安停下来，用相机拍下了县委大院的花坛里那一丛生命力旺盛的波斯菊，虽无人问津却依然不甘寂寞地争相怒放。旁边有走来走去的小狗、小鸡，悠闲自得，俨然像是大院的新主人。

从碧罗雪山上汩汩流淌下来的山泉滋润着知子罗的每一寸土地，温和湿润而又多雾的气候很适宜漆树和茶树的生长，这里的生漆被人们称为“涂料王”，老姆登茶也极负盛名。当年的工人文化宫，经历过几十年风雨，字牌历历在目，只是人去楼空。当年的政府办公楼，如今也当成了周围几个村子唯一的小学。因学生不多，两层的楼舍许多还未派上用场。这里的老师是从州府六库派过来任教的，属于国家教师编制，每周可以下山回去一次。

走到这儿，看到塞巴斯蒂安蹲下身，亲切地跟几个小学生打招呼时，褚遥才想起什么来，正好就机会与塞巴斯蒂安提出了自己的想法。

“福格特，我一直很想寻找一些资助，让丙中洛更多村寨的孩子们可以上学，尤其是交通不方便的那些村子，孩子们上学都非常困难，到了高年级就必须要下山去住校，生活和学习都特别艰苦。你这次可不可以帮忙联系到公益组织，或者教育救助机构，我一定会积极加入，看能不能为这里的孩子们争取到援助。我在网上建了个支教的博客，希望能被大家关注，哪怕没有多少资金，能吸引来更多支教的老师也好啊，你能帮我想想办法吗？”

“我一来就看到你的劳动成果，真心让人佩服。放心吧，我一定会帮你的，你是我心目中的女神，你想做的事我都义不容辞。”塞巴斯蒂安点点头，斩钉截铁地答应下来，眼睛里满满的都是对褚遥的钦佩之情。

“你又来了，别总是那样说好吗？我知道你是个出色的公益使者，所以我才恳请你帮助。”

“OK，OK，不掺杂任何私人理由！”

褚遥感激地拍了拍他的肩膀。两人朝那几个孩子笑着招了招手，才转身继续往前走。

近两年，已经有一些当初就不愿撤走的原住民陆续搬回了知子罗，还有一些外地来这里开茶厂、做生意以及专门看中这里的旅游资源的租户。附近村庄的几十户怒族人也迁徙过来，与占多数的傈僳人一同居住。很难想象，眼前的知子罗蜕去它过去不凡的身份后，还会不会在未来的某年某月重新涌现出一座城市的熙攘灯火；也很难想象，这里以后会不会真的有更多居民重新搬迁过来，让街道恢复往日的热闹景象。

现在的知子罗，被规划为“碧江遗址公园”。没有班车，没有邮局、电信公司、银行，警务室都是“做样子”的，回乡定居的退休老人必须去山下的乡信用社，才能领取退休金。原来拥有百多名学生的小学，现在只有二十多人，据说，很快就要撤销。关于未来，这里好像是一个被忽略的死角，争取通公路去兰坪的报告都无下文，上级的资金很少下来。

后来的两天，褚遥没有时时都跟着塞巴斯蒂安去山坡遗址那里勘察。她有她关心的事，比如看看村子里有多少孩子，周围的其他村子有没有不上学的孩子，这里的老师都是怎么给孩子们合班讲课的等等。

返程前一晚，夜色阑珊。塞巴斯蒂安完成了勘察任务，与褚遥结伴在老城区闲走游荡。即便是白天，街上也一直人烟稀少，最热闹的还是基督教堂。撤县二十余年，这里很少再建起新房，人口也只增加了一两百人，东往的驿道被野草遮盖，西向怒江的唯一弹石路两年前才铺上柏油。

群山已被黑暗完全吞噬，四周是重重山影，散场的“道具布景”更加凄寂零落。两个沉默的巨人仍在坚贞不渝地守护着知子罗。老城已然睡了，只有零星几个窗口还透出微光。周围静极了，时空如同凝固了一般，仿佛又回到神话中傈僳人的祖先走出葫芦的起源那一刻。

塞巴斯蒂安猛然想起，有位朋友曾经在“海外中国教育基金会”的组织当过志愿者，他打算回去后详细咨询下，看是否可以吸收褚遥这样的志愿者加入。

褚遥听到这个消息非常高兴，有点忘乎所以地抱住塞巴斯蒂安，非常不合气氛地在黑黢黢的街上蹦了几下。

冷风细细的夜色中，两人都看不清彼此的脸，塞巴斯蒂安顺势拉起褚遥的手：“女神，你是否愿意跟我去国外看看？”

“去国外干？”褚遥因为他的行为而陡然紧张，一时没反应过来他在说什么。

“对啊，参加志愿活动！那样你就有更多机会接触一些公益人士，也能在组织里学到很多东西，开阔眼界什么的……总之，肯定对你的计划有很大帮助，能更快筹集到善款也说不定。”

“一定要出去才行吗？可是，我这边的小学还没有弄好，我要出去了，那孩子们怎么办？”

“你不是已经有接班人了吗？还有那位韩老师，不是么？”

“不行，不行！让我再考虑一下，至少目前是不行……还有很多事没安排好呢！”褚遥不知为什么突然间变得心慌意乱，她为这个可能的机会感到既喜又忧，她还为很多事没有办法完成而发愁。

孩子们怎么办？扎姆朵儿怎么办？还有，韩逍——更重要的是，韩逍和她怎么办？

Charpter 13

你怎么舍得让我的爱流向海

无论是生活在脚下，还是渴望在路上，都不免一再陷入孤独。口口声声说要去远方，心事却日复一日地在原地徘徊挣扎。如此纠结，只怕是已经去了远方，那些现实的挣扎和徘徊仍一如既往地跟随着，言不由衷地改变着远方的模样。

静默的夜，细弯的月，几乎可以映彻人的心，可总有那么一个微小的角落，能藏住不愿说出口的心事。

塞巴斯蒂安已经走了好些天，韩道以为他又回到了安全的位置。可越这样想，反倒越觉得不能心安理得。他能体察到，褚遥从知子罗回来后有话憋在心里，可每次看到他却又欲言又止。

他忍不住故意去惹她，让她好在难以遏制情绪的时候，说出自己的想法，但他失败了，这种尝试愈发加深了两人之间的误解。

“褚遥，你觉得我爱你吗？”韩道第一次感觉到文艺片里常说的肉麻对白，而今却如此艰涩难言。

“……”褚遥咬着嘴唇，没有回答。

“你，愿意……跟我回北京吗？”

停了好一会儿，褚遥才低声说出来一句：“至少现在还不能，韩逍……”

韩逍一听，心里有些着急，忙不迭追问：“为什么？你已经做了那么多，难道还不够吗？再说了，到了北京，以你的能力和态度，出人头地的机会有很多，我们能挣到更多的钱，帮助更多的人，何必非要在这种地方受苦？”

“挣钱？我也知道，我懂！可你真以为钱就能解决一切问题吗？让这里的孩子走出大山，需要多少钱？真正帮助他们改变命运，需要多少钱？从根本上改善整个地区的生活现状，又需要多少钱？这些问题你都想过吗？这里不需要带有施舍的捐赠，必须在基础工作上身体力行！那些心血来潮、异想天开的作为，其实根本解决不了任何实际问题！”

褚遥被偏颇的发言刺痛，忍不住说了一大通自己内心的想法，却不知这些话字字句句如刀子一般戳痛了韩逍。

“异想天开？心血来潮？你是在说我，还是说我们？”韩逍有些被激怒了。

“不是你，也不是我们，我只是……只是不想你整天这样！教学相长的前提是耐心细致，不可能像工业流水线一样有批量的成果。只顾着给好的、好玩的，没有灵魂的教育，这与驯兽有什么分别？”她不知道怎么表达才更准确。为了韩逍，为了孩子们，她拒绝了塞巴斯蒂安的盛情邀请，甚至都没把那件事向任何人透露半分。在她看来，韩逍肯放弃都市优渥的生活来到这里找自己，已经足够勇敢了。只不过，勇敢就意味着要直面重重阻碍，也因此更容易遭受挫折。

“我还能怎样？为了你，为了我们，我真是想破了头啊！褚遥，难道我真的给不了你更多的信心？”

“韩逍，请你冷静些！难道我们两个不都是为了孩子们才在这里的吗？”

韩逍忍了几秒又问：“那如果，这里都安排妥当，你愿意跟我走吗？”

“这么说，不是我对我们的未来缺乏信心，而是你自己根本没有信心留下来！”

“不是！我看你这么辛苦，我想替你把很多事情都分担下来！”

“韩逍，你能到这里来找我，我真的很感激，但是请你理解我，我有我的目标和计划，而且，在这件事情上不存在一蹴而就的捷径！”火塘摇曳的炭火里，褚遥的双眼闪烁泪光。

两人再次陷入夹杂理智与情感的混乱交错中。

这让韩逍更加难抑心口如刀绞的痛，他不敢往下设想，莫非自己所做的一切都是给她平添烦恼？

黑暗，无情地攥住了这渺小、沉默的小木屋。

突然，韩逍又强词夺理地问了一句：“难道我在你的心目中还不如那个德国人，还不如那些孩子们吗？”

见他如此抓狂，褚遥既心疼又无可奈何。

事到如今，韩逍觉得自己说什么也不是。而且他那些心烦意乱的话，每字每句都显得毫无意义、一文不值。因为在她眼里，他什么也没做，什么也做不到。

他想，该走了，该离开这里了，即使仅仅为了证明自己可以做到一些事。

云，四面八方的云，都飘到这里，依恋山谷，缠住山腰，挂在峰巅，久久地，久久地不愿离开。

而韩逍，却真的选择了离开。

当爱情来临，出于害怕冒险的天性，我们总是妄想用肉体的距离逃离心灵的颤动。其实，这样很傻。

他始终也没有说出一个足以安慰褚遥的理由。他想要用实际行动证明自己还会理直气壮回到这里的决心，也如同扑面而来的雾气，远远看，那么真切，可一旦走近它，却难觅踪影。

站在怒江险峻的栈道上，他为这迷恋的峡谷、动物们的声响、草木的气息混合而成的“力场”，迫切地想从悬崖上飞身而下，跃入激流——这是一种无法控制的内心冲动，一种将自己投身于毁灭之中的强烈欲望。

这种欲望让他时时都能感受到自己的渺小与无奈。

他要独自驾车穿越丙察察——褚遥对此没发表任何意见。只是，淡淡地道别，淡淡地微笑，并淡淡地说：“短信联系。”

她的反应太平淡了，淡得可怕。让人不得不去猜想，这天衣无缝的淡然下面掩盖着多么恐怖的悲伤和失望！

韩逍清楚地记得，他刚来到雾里村找到褚遥时，发现她所在的环境是多么粗陋、艰苦。这里手机信号很不好，只有在屋外几个空旷的高地才可以收发短信、拨通手机。当初，他在京，褚遥就是在这样的条件下与他联系，互诉心事的。

褚遥从来没有跟他说过难字，却一直在默默为他迎难而上。

他不知该如何让这份感情变得平衡，只知道仅仅在一起是不够的。

他这次离开，真的无法预料未来的日子，褚遥还会不会愿意不分时间、不知疲倦地到特定位置等他的短信，回他的信息。

可是，脚步已经迈出，还能回头么？

对于褚遥来说，做事靠的就是她骨子里那种坚韧，所以无论多难的事，她始终相信只要有耐心，肯一步一步地走下去，总会实现目标。

她自幼便与父亲相依为命，也不是没有过豆蔻年华的天真烂漫，但在艰辛生活和残酷现实的一次次提醒下，她变得成熟温和。她开始热衷参加各种义工和志愿者活动，并从中得到了极大的快乐与满足。也正是那个时候她认识了塞巴斯帝安，他帮她找到了人生另一种追求。

褚遥从这种简单的付出中渐渐体会到了幸福的滋味。她开始懂得，一个人的强大不是独立与坚定，而是懂得如何培育自己丰饶的内心。

若是让生活简单到了极致，那种本真的守候，便是天人合一。

她很高兴能再次回到母亲的故乡，能在这里做一个默默无闻的支教老师，能像木楼中那永远不灭的火塘一样，给这些普普通通的孩子们带来温暖与光亮。

去察瓦隆的路上，韩逍仿佛又做回了初来丙中洛时那个样子，又仿佛决然相反。一辆越野车，一颗不确定的心，一路疯狂、挣扎的摇滚——

除了阳光没有什么可以笼罩世界

除了雨没有什么可以划出彩虹

除了雪没有什么可以洁白大地

除了风没有什么可以吹动树叶

你有没有看到自己眼中的绝望

你有没有听见痛彻心扉的哭声

你有没有感到心如花朵般枯萎

你有没有体验过生命有多无可奈何

除了你没有什么可以让我眷恋

除了悲伤没有什么可以值得忘却

除了宽容没有什么可以让你释怀

除了爱没有什么可以改变生命

你有没有看见手上那条单纯的命运线

你有没有听见自己被抛弃后的呼喊

你有没有感到也许永远只能视而不见

你有没有扔过一枚硬币选择正反面……

这是他车里单曲循环的歌，歌词比任何时候都适合自己，反复，反复，直唱入骨髓。

行驶到简陋的滇藏界牌前时，望向对面山崖上的瀑布，韩逍第一次觉得，以往对穿越这条梦想越野线路的强烈愿望已经变得不值一提。内心只剩下继续前行还是转身回头的两个念头，拼命地徘徊挣扎着。

他像歌里唱的那样，从衣兜里摸出一枚硬币，准备抛到空中，让科学与心理学都无法下定论的，超出百分之五十的那一点点概率来决定自己下一步的命运。

他甚至有几秒钟，都想象起当他义无反顾回到雾里村时，褚遥会是怎样的表情……但是，他忽然又觉得自己这样十分可笑。

他用拇指和食指摸索着硬币的正反两面，眼睛透过车窗望着黄色的写明“严格禁止外国人进入”的标牌，自嘲地摇了摇头，未改方向，再次发动了车子。

他无法回头，如何回头？回头又能怎样？

眼前的路看不出有太大的坡度，真走在上面才会让人不由自主地紧张。这种路也只适合不守规矩、胆大心细的野路子货！尤其是韩道这等横了心的境遇。

这一段山高路险，让人望而生畏，实际上也不过二十多公里的距离。意兴阑珊的韩道没费太大周折便开车行驶到了察瓦龙乡境内。

他见到了粉彩鲜艳的梅里壁画；闯过了险象环生的大流沙；拍下了长满整座山的仙人掌；穿越了超级原始的山体隧道；终于体会到越野人常说的那句话：走不走丙察察线，不在于勇气，一定要量力而行。

察瓦龙至西藏察隅县被称为进藏最险峻、最艰难的一段路，也是各路玩家期盼挑战的一段路。

韩道在察瓦龙乡稍作休息，便继续开拔。这一段根本就不能称作是公路，也就是在原来茶马古道的基础上拓宽到仅能一辆车行驶的土路。

途中随处可见到塌方，幸好他这次遇到的情况没影响到路面。不过，行驶没多远，他就被山上的飞石击中车厢，车子并无大碍。往前走到一个地势稍平的小村时，天色已晚，他才停下来，找地方支起了帐篷。

第二天早晨醒来，他刚走出帐篷，还以为仍在梦中。云层已经降到了脚下，满山都是浓薄流转的灰白轻雾，呼吸稍一用力便能把带着山林气息的雾气装进肺里。

那无尽的美，总让他感觉像被扼住喉咙，稍稍迟疑便会窒息不前。

于是，他胡乱吃些东西，收起帐篷，又出发了。

从小村子出来没过几分钟，又开始下小雨，天气阴沉。心底仅留真情实意的那一部分，开始因为与雾里村距离的拉长而隐隐发疼，好像某种心病的慢性复发。大约走了一小时，他的车陷在泥里，花了好大工夫，动用了绞盘才把车拖出来，得以继续前行。越过山顶后，他居然真的遇到了马帮。

这一路是最险的，也是风景最美的。沿途满山遍野的野花，色彩斑斓；接近山顶的湖，静如天镜；那些壮观的景象几乎可以让人忘记心跳和呼吸。这一带有种珍稀的挂须状植物，传说中的树胡子，只能生长在污染极少的地方，一旦有污染，它就会消失——韩道第一次亲眼见到了它。

经过了一段路面向悬崖边呈三十五度倾斜的盘山路，又穿越了美丽的原始森林。韩道这一程竟然很幸运，没有遇上事故堵车，车也一直没罢工，在惊险刺激的陪伴下，终于到达了西藏境内的察隅县城。

傍晚七点钟，韩道独自在察隅吃过了晚饭。后面基本算是好走的公路，他也无须赶时间，就在县城找了住处安顿。

一夜未眠。

经过两天多的跋涉，他总算完成了这次穿越。次日继续向然乌进发。

来到紧邻然乌湖的来古冰川，韩道站在海拔四千多米的冰川前，垒起了玛尼堆，静静地许下了一个愿望。

然后，又坐在“西天瑶池”——然乌湖的岸边，毫无顾忌地思念起褚遥。

他就那样，默默面对着远处惊艳无比的冰川雪山，双眼呆望宁静的然乌湖，形单影只地坐了许久。

从来古村开到然乌镇时，他遇到了一个中途搭车的女背包客——确切地说，是个行装、气质都很扎眼的美女。

韩逍停了车。对方问他是否要到拉萨，他回答是。她绚烂一笑，点点头便上了车。

不用多问，那是一种谁都无法拒绝的笑容。

从打扮就能看出，她是那种把旅行当作生活资本和狩猎武器的女人。不到半小时的谈笑，这女人便已经使出猛招，向韩逍轮番“攻击”。幸亏这般暧昧，韩逍还能招架。他在以前的旅途中不是没有见识过，在大都市里也不少领教。

两人在中途的某个旅馆住下那一晚，韩逍再次确信，自己尽管落花无意，却还是招惹了一头来自都市的猎艳“猛兽”。

“猛兽”自称是某文艺杂志的主编，酷爱摄影，无旅行不成活。如此一来，她和韩逍这样的旅行者确有很多共通的话题——唾弃俗务，向往远方。传说在都市深处，人们往往会把这样的女子奉为先锋或标兵。她们不世故、不矜持，崇尚自由、标榜信仰；但韩逍却觉得，她们把生活过得太“洒脱”，宁可放弃一切原则，来博取众人的目光。

“不上去坐坐？”一番推杯换盏之后，美女主编笑盈盈地发问。

“不了！”韩逍没丝毫犹豫地拒绝了。

“我去！你不会吧你？”她眼神无意遮拦蔑视地看着他，冷笑一声。那样子，活像嗤笑一个生错了年代的伪君子。“真看不出来，还是个从封建社会穿越过来的处男！”

“抱歉，让您失望了。”

第二天，韩道的车里恢复了清净。

他独自一个人驾车，途径波密、鲁朗、林芝、通麦、工布江达、墨竹林卡……直达拉萨，他漫无目的地在藏区游走，在大小昭寺和纳木错湖畔徜徉。

终于承认，自己的心病已无药可医。他就算全身伏地来到佛前，也一样无法在佛祖的面前聆听到想要的答案。

他的孤独，比布达拉宫外稀薄的空气还要难以回避。

只好，回京。

佛说，一个人要从初出茅庐，到忐忑上路；从略有所成，到幡然领悟；乃至于漫长的等待中，走到人生的终点。当天际泛起一抹微红，才算活了个明白。

而韩道，接下来又做何选择呢？

像他一样，无论是生活在脚下，还是渴望在路上，我们都一再陷入孤独。口口声声说要去远方，心事却日复一日地在原地徘徊挣扎。如此纠结只怕是已经去了远方，那些现实的挣扎和徘徊仍一如既往地跟随着，言不由衷地改变着远方的模样。

何时何日，才能接受做一个修行者。安稳在当下，开始学习随风潜入夜、润物细无声，开始微笑着不断告别，在时光流转之间萃取一生的精华？

Charpter 14

这大染缸，真他妈没劲!

海德格尔曾经说过，以什么为职业，在根本意义上，就是以什么为生命意义的寄托。理想虽然很丰满，现实虽然很骨感，但最终的最终，大家都必须找准定位各司其职。

“说好了啊！咱俩这回真是最后两瓶了，成不？哥……哎！韩逍！唉……”在街边的烤串摊儿上，顾磊手忙脚乱地架起喝得已经两眼发直、突然歪坐地上烂醉如泥的韩逍，赶紧叫过摊主结账。

“……我没事儿……没……事儿……没！”韩逍突然发狠似的一脚踹翻脚底下的烤串儿炉子和摆在旁边刚拿上来的两瓶啤酒，瓶子碎裂后溢出的啤酒遇着炭火的灼烧腾起一片白烟，发出“噗”的一声巨响。惊得周边的美腿姑娘们大惊失色，纷纷跳起来闪到一边，几个浑不吝的小伙子恶狠狠注视着他俩的一举一动，甚至有个想扎刺儿的已经将酒瓶握在手中，一副随时就会冲上来的架势。

韩逍醉眼迷离，哪看得清周围的形势，依旧吵嚷着要继续干杯。

“哥几个对不住啊！我哥们儿喝多了，喝多了，多担待啊！老板娘！

赶紧的，结账！这几位的酒我一块儿算了哈！”顾磊这会儿可没喝多，一看架势不对，忙不迭地一边冲周围堆着笑脸道歉，一边紧紧抱着情绪快要失控的韩逍离开。

韩逍像从大自然水域逃出不久的一条鱼，回到都市这斑斓的过滤循环大鱼缸，呼吸不畅，幸好还有老友相解，也算浑浑噩噩地再次适应了。

算上这顿烤串宵夜，已经是韩逍这一天的第四场酒了。两小时前，韩逍缩在KTV包间的一角，目光涣散地看着眼前的一切热闹，面无表情的自斟自饮。就好像一只受了伤的狮子，躲在暗处，静静地舔舐着自己的伤口。他既无心和大家喧闹，也不想唱歌发泄，更不想表现出什么哀伤的情绪去影响别人的快乐，就兀自坐在那里默默地看着眼前的红男绿女、杯觥交错，任自己的思绪天马行空。

几个花枝招展的女孩轮番凑过来，坐在旁边想跟他献殷勤，可他除了端起酒杯一饮而尽，基本上不和人家做任何交流。这些女孩子毕竟不胜酒力，只好臊眉耷眼、自讨没趣的走开，剩下韩逍一人干坐在那里。

哥们儿知道，韩逍在这种状态下劝啥也没有，他们最近都已经习惯了韩逍的这种样子。谁都不是小孩子了，毕竟自己的伤口只能自己愈合。

每个人都有每个人的烦恼和郁闷，只不过各自有不同的发泄方式罢了。在如此喧闹的情景下，如果一个人还能思想游离，那他不是傻掉了，就是在想念什么地方，想念一个让他魂牵梦绕的人。

眼瞅韩逍如此消沉，顾磊凑过来说：“哥们儿，这儿喝得多没劲，你也不唱歌也不聊天的，走，陪我去烤小腰子去吧，哥们儿有点饿了。”

顾磊建筑学院毕业后，在城建集团干了两年项目经理，凭着乐观阳光、诚恳谦和的为人很快就在行业里脱颖而出。拿下了几个大单，积累了一些人脉资源后，现在已经自己开公司承接装饰工程。在这群哥们儿当中，虽说年龄较轻，但性格颇为沉稳，说话办事都头头是道，加之对这些哥哥们都非常信服，在圈子里人缘不错。他对韩道豪爽正直的个性尤为崇拜，所以看到这次韩道回来的失意样子，便拉着韩道一起运作眼前的一个装饰工程。

“走啊！咱俩必须接着喝！”韩道的眼睛难得明亮一次。

第二天，早上九点半。

一阵急促的电话铃声，把睡梦里醉意未去的韩道惊起一身冷汗。他依稀记得，刚刚好像还正在和褚遥在河边拉着手甜蜜说着什么，突然间，滚滚的怒江开始嘶吼，四边的悬崖峭壁乱石飞坠，江水沸腾一泻而下！有人在嘶喊？怒吼……

韩道揉了揉有些生疼的脑袋，悻悻地坐起身，掏出电话一看，是个不熟悉的座机号码：

“喂……？”

“是史培德吗？”

“靠！不是！！打错啦！！！”韩道差一点儿就把更难听的脏话骂了出去，恨恨地把手机丢在枕头上，捂起被子蒙上头，感觉还是头晕目眩，正准备努力回忆自己昨晚是怎么回到家里的过程，电话又开始不识趣的响个起来。

“喂！你是史培德吗？”

“你妹啊！你们全家都是史培德！不是告诉你打错了吗？”

“我们是区建委啊，甜水桥46号装饰改建工程是你们申报的不是？

给我们这儿留的备案项目经理联系方式就是这个啊……”

此言一出，嗡的一下把韩道的清醒意识勾了出来。想起来了，当时陪顾磊上项目申报时，为了提升资质，挂靠了一个高一级的装饰公司，由于需要注册项目经理的资质，于是借用了一个朋友的手续来着，名字用的人家的，联系方式留的是韩道的。区建委是负责审批、监管、验收这类项目的主管部门，这帮爷爷平时想伺候都找不着庙门呢，这下坏了……

韩道啪啪地拍着自己的脑门，央求道:“哎呀！大哥，哦不，领导！对不起对不起，我刚才以为谁捣乱呢，是我们，是我们，您……”

“行了行了！别说了，你们这样的我见多了，一看就是挂靠的手续吧！通知你们一下啊！有人投诉你们施工违规，马上来所里接受问询和处理吧！”

“哎……好……那什么，大哥您……”

对方说完还未等韩道答话，那边已砸下电话，留怔怔的韩道坐在床上不知所措。定了会神后，赶紧给顾磊打过电话，把刚才的过程一说，顾磊听后，出乎意料地冷静，并没有埋怨韩道的胡言乱语，反倒是若有所思地安慰起韩道:“老韩，你别担心，我知道是怎么回事了……这样，你赶快收拾收拾，跟我去趟建委！”

“我马上！”

他们赶到建委办公楼的时候已快近中午，在路上时，顾磊已了解清楚了这次向他们问责的是哪个科室和具体负责人，其实他一接到这个消息就想到了这是谁在背后捣的鬼，当初拿这个项目时，还有几家同时投标的单位，其中一家本来比顾磊的中标几率大得多，表面上，这家装饰公司是跟这个项目最早的，准备充分，在前期投入了大量人力物力做方案准备，一副志在必得的样子，实际上他们有底的并不是因为这些，而是这家公司私底下和甲方的工程部总监有着暗箱交易。

顾磊他们的加入纯属偶然，甲方的老板正巧也是个越野玩家，在一次聚会活动上和顾磊处得相当不错，彼此熟悉后一深入交流，知道顾磊是做工程的，正好自己下面有个项目正要招标，就做了顺水人情邀请顾磊公司也来参加投标，顾磊自然十分珍惜这个千载难逢的机会。他是那种来了机会就会努力把握住的人，所以方案不仅做得非常投入用心，报价更是给出了绝对的诚意。而这一切彻底打乱了原先那家公司的精心布局，开标时，仅基础报价这一块顾磊他们就占据了绝对的优势，设计与材料评标时又比那些报价偏低的围标公司强出不少，虽然进来得晚，但最后竟然脱颖而出和那家公司并驾齐驱排名领先，最后评比阶段，虽然甲方的工程部极力推荐用另外那一家，但最后拍板的毕竟还是老板，基本同等条件下，精明者自然会选用价格更有优势的。

就这样，顾磊公司最后一举中标，甲方工程部碍于老板的威严，纵有千般不乐意，但也不好再说什么，只能承认现实，接下来公事公办。而那家功亏一篑的公司实在是难咽这口气，这次的举报便是由他们给监管部门私底下打匿名电话挑起的。

顾磊领着韩逍进了建委办公楼。临进门前从后备厢拿出了一个精致的手提袋，却并未直接走向应该接受质询的三楼质检科办公室，而是径直带着韩逍先敲开了二楼计划科科长的办公室。

门一推开，顾磊便热络地和端坐在办公桌后的一个四十开外的女人热情地打起招呼："朱姐好！您在呀！好久不见，您可真是越来越年轻了哦！"

"呦！我当是谁，小磊啊，你咋来啦。进来！快坐、快坐……"那位朱姐热情地起身，让进二人。"这什么风把你给吹来啦？多久没到姐姐这儿来啦？还以为你小子把姐忘了呢！"

"瞧您说的，姐姐，我这不最近瞎忙嘛，今儿个来咱这儿办事，这不赶紧过来跟您报个到嘛！"

"哼，我就知道你不办事想不起你朱姐来，嘿嘿，咋？又有项目过来跑申报？"

"哪儿啊？朱姐，我可是专门来看您的，这不上个月去香港陪个客户看设计展，就半天的自由时间，上街闲逛看见一条丝巾，我觉得和您的气质特搭，就给您捎了条回来，这不逮着机会马上就给您送过来了么。"

顾磊走上前去打开手提袋，拿出一件包装精美的高级丝巾。朱姐一边愉快地接了过去，爱不释手地打开欣赏，一边客气道："嗨！来就来吧，想着我就挺高兴的，带啥东西啊？"

"咱姐俩，客气啥？您看这花色喜欢吗？"

"喜欢！喜欢！你小子的眼光错不了，呵呵……哎，瞧我，竟顾着跟你聊天，你这还有朋友那。"

"啊，对了，朱姐给您介绍下，这是我特好的哥们儿韩道，刚从美国毕业回国，也是学建筑的，现在在我那儿帮我，正好也带他来拜见下您，以后您可得多关照啊！"

韩道平日里极少和圈里的朋友共事，这次捅了篓子，本就心中满含歉疚，连忙上前顺着顾磊的话茬，与朱姐握手致意。

“好说好说，你小子行啊，看来买卖越做越大了，现在都请上国际人才啦，不错不错，都一表人才的，以后这世界真是属于你们的啊！”

“哪里哪里，姐姐您抬举我啦，嗨！这不这回就是因为我这刚回国的兄弟，对好多国内情况不太了解，给我这儿捅了一篓子，我这次不就来平这事儿的嘛！”

“哟！怎么啦？多大事啊，快跟姐说说！”

“嗨！其实也没什么，就我刚拿那项目……”顾磊把项目违规的事情轻描淡写地带过，又把韩道经验不足的原因夸大叙述了一遍，韩道在一旁也配合默契地做出一副悔恨委屈的无辜相，朱姐听完后，释然地拍拍韩道的肩膀道：“我当多大事儿呢，就这呀，没事儿的！刚回国就是不适应咱们国内的流程，出现点纰漏在所难免嘛，有些人总是拿着鸡毛当令箭，行啦！别着急，我马上给他们质检科说一下，你们一会儿过去承认个错误，给出个整改方案，这事儿就算过去啦！”

“哎呀！朱姐，那可太谢谢您啦，您看我这一来就给您添麻烦，真不好意思……”

“行了行了！都不是外人，跟姐甭客气！”

二人辞谢完朱姐出来，韩逍与顾磊在楼道里双目一对视，不禁笑出声来，韩逍捶了顾磊胸口一拳乐着说：“真看不出来，你小子还真有一套啊！我还海归了！还国际人才啦！哈哈哈……”

二人走到质检科门口时，听见里面有人还正在讲电话。

“好的好的，这个情况我们知道了，朱姐您发话了能不好使嘛！哈哈哈，行！行！回头我们处理！您就放心吧……好嘞，好嘞，那就这么说。”

顾磊等里面挂了电话又慎了几分钟，这才上去敲门。

“进来！”

“呦！几位领导都在那！”顾磊韩道一进门看见办公室里有三个男人在里面，赶紧致意。“领导们好，我们是艺佳装饰的，我是负责人，这不早上接到个通知说有个情况让我们来处理吗，请问哪位是赵科长啊？”

“我就是！什么情况啊？”坐在里面靠窗办公桌后面一个微胖男子不温不火地答了一句，一听声音就是刚才接电话的那位。

旁边一个看起来岁数较大的瘦子中年人，语气略带严厉夹着官腔儿接道：“哦，你们就是艺佳的啊！你们可够牛的啊！违规施工、挂靠经营、冒名顶替，对了，还骂骂咧咧不配合检查，这样吧，回去把工程停了，施工证交回来接受调查吧！”

“哎别介啊，领导！我们错了我们错了！这不赶紧过来负荆请罪来了嘛！你看啊，是这么回事，我们这位新来的同事啊，刚从国外回来，还不太熟悉咱们这儿的工作流程，这办事的时候啊确实出现了一些纰漏，加上昨晚上刚跟女朋友吵完架，这脑子正糊涂着呢，没听出是咱们领导打的电话，您多多原谅啊！”顾磊一边挨个发了一圈烟，一边歉意十足地应道。

韩道也赶紧上前赔着笑脸：“是啊是啊，几位领导，我这昨晚上一宿没睡，迷迷瞪瞪的，还以为是什么骚扰电话呢，真是对不起，对不起啊，您好好批评批评我，骂我一顿都行！只要能消消气，消消气哈！”

瘦子吸了一口烟不紧不慢道：“气儿不顺的时候，发发脾气，年轻人嘛那倒可以原谅，可你们这违规的事儿可就不是原谅那么简单的啊！”

韩道正想继续辩解几句，顾磊听出他的话里有话，赶紧接到：“对对，领导您说的对，这是我们的错，我们必须改正，就是希望领导多给我们年轻人改正学习的机会，您看您给指个方向，只要利于我们改正进步的，我们一定虚心接受，认真学习……”

赵科长此时夹着包站起来，一边往外走一边说道：“老李啊，这个事情你们处理一下吧，要本着合规的原则办，多深入了解了解情况，该处理的处理，但也给人家改正的机会，现在的年轻人做事也不容易，那什么，我这中午还有个会，你们继续聊啊。”

说完和老李眼神会意地交互一下，走出了办公室。路过他俩身边时还和善地拍了拍韩道的肩膀。

顾磊心里早有了底，领导态度已表明，剩下就是该谈具体实际的问题了。“对对对！一看您这几位领导就是深明大义秉公执法，既要惩恶扬善又得治病救人，我就啥也不说啦，该怎么办您老哥就给指个明道儿吧！”

“你这个事嘛……唉，麻烦就麻烦在有人举报啊，你说这不处理也说不过去呀，而且人家举报的违规内容，说得头头是道非常具体，你说我们要不去检查核实，没法给出交代啊，这样吧，你们先回去，我们安排时间先去现场做个调研再做决定，最近我们这里积压的工作也确实太多，这停工整改通知嘛，就等检查过后看情况再定，你看好吧，到时，我们这位小王同志会和你们联系的！”老李绕着圈子慢条斯理地暗示顾磊，顾磊心里明镜似的当然明白，这是给时间让自己准备呢，下一步就应该是要到人家手里的举报内容，赶紧自行整改。路子指出来了，对口联系人也告诉你啦，剩下就看你懂不懂事儿了

“谢谢领导！谢谢领导！我们这就回去恭候领导检查！王同志，留个您的联系方式吧，到时打电话我们好出来迎接，别再整差了，嘿嘿！”

小王心领神会地留给顾磊自己的手机号，顾磊记下后顺便也将自己

的名片恭恭敬敬递送给二人，客气道："那个，二位领导，您看这都中午了，耽误二位的午饭时间真不好意思，二位赏脸咱们一起出去吃个便饭吧，没别的意思，就是想表示个歉意！"

老李立刻板起脸来严肃道："那可不行！我们是有纪律的！这不让我们犯错误吗？你们就回去等电话吧！"

"明白，明白！那就不耽误二位啦，再次感谢！咱们保持联系！再见！再见！"顾磊、韩道异口同声地告别，退出办公室。

回到车上，顾磊正准备给小王的手机上发条短信，约小王下班后出来坐坐，未想小王的电话到先打了过来："顾总啊，知道您是朱姐的朋友，我这儿就不跟您说外话了，不是我们不帮忙，您这事确实棘手啊，人家可是专门针对你们来的，投诉你们那几点都够严重的，核实哪条可都够让你们停工罚款的，您也是聪明人，应该懂得吧？"

"哎哟，王哥，您放心，我懂！我懂！这不正想给您发信息晚上约您呢吧，您给兄弟指指道，一定重谢啊！"

"嗨！您不用客气，这朱姐的朋友，能帮我们一定帮了，只不过告你们那家应该也是行儿里的，我们不管怎么样面上也得对付得过去啊，您说是不是？"

"是，是，是！您说的我懂，朱姐那儿我也知道该怎么说，您就放心吧！"

"真的懂？"

"必须懂！！！"

"呵呵，那好吧，今晚 7 点，你随便安排个地儿，我拿着材料过来，咱们聊聊。”

小王说的材料顾名思义是这次投诉的具体内容，顾磊他们拿到后一整改，检查时就只是做做样子掩人耳目了。

“好嘞，您就放心吧，我安排好，下午给您地址，不不，您下班时我在大门口接您吧？”

当天夜里，顾磊、韩道哥儿俩把心满意足的小王送回家后，又回到那天的烤串地摊儿喝酒。

“你说这帮王八蛋怎么就那么道貌岸然？装的真他妈像，开牙的时候可一点儿都不含糊！”

“太正常了！人家这才叫高！你看仨人配合得多好，上上下下里里外外什么都没耽误。不过话说回来了，在哪儿不是这样？现在干什么不得这样？咱这回喂饱了他们，以后这条线也就算通了，值！”

韩道一拍桌子：“你说这现代文明到底是文明了什么？我倒情愿退回到原始社会去，刀耕火种、植木桑田，哪怕衣不遮体、食不果腹，起码落个心里舒坦！”

“你还别说那个，哥哥，你以为我不向往春华秋实、田园牧歌，可你生在这个声色犬马的欲望都市，就得按照这个世界的规矩活着，什么叫弱肉强食？什么叫适者生存？你见过几个老老实实做事成功了的？”

韩道叹了一口气，一仰脖咚咚灌下了一大口啤酒：“这大染缸，真他妈没劲！”

“哥哥，今儿我也丢一丢书袋，海德格尔曾经说过，以什么为职业，在根本意义上，就是以什么为生命意义的寄托。理想虽然很丰满，现实虽然很骨感，但最终的最终大家都必须找准定位各司其职。是画家就把绘画当寄托，是农民就把耕作当寄托，你抱怨过的那个女教师，人家就是把教育作为自己一生意义的寄托！”

“兄弟，谢谢你！”

“说好了啊！咱俩这回真是最后两瓶了，成不？哥……哎！”

Charpter 15

不纠结过去，不忧心将来

也许，爱上了，真的不需要任何理由。一旦依附太多的解释，珍惜也会成为一种负担。爱的时候死心塌地，不爱的时候释然放手。如果发现爱错了，那就趁早更正吧，毕竟一生中值得爱的人很多，而真正可以爱的人却很少。

其实，韩道这次从云南回京的目的，本意是积极的。他还想找路子，能帮褚遥实现那些办校助学的愿望。

从自己在雾里村的难题中逃出来后，他反思了很多。内心里，他是非常羡慕褚遥和塞巴斯蒂安那种为梦想而努力、坚持的状态，一切的纠结还是源自他既不甘虚度，又苦于无法找到证明自己的方式。

一个人走在理想的道路上遇到另一个志同道合的伙伴，和为了一份向往的感情去重新选择规划自己的未来，绝对是不可混淆的两种状态。这就像是一场轮回，当初佳娴没有做到，如今放在韩道身上一样难以逾越。

韩道并非圣贤，也懂得现在社会的生存法则。以他的资历阅历，更明白商道间的种种伎俩手段，只是这一切越来越让他难以顺应，当那些计谋手段带给自己的回报也只是一沓沾满铜臭的钞票时，他从中再也感觉不到任何所谓的成就感。

每个人都明白一个道理，要想得到就必须付出，天下没有免费的午餐。做任何事情都是一分耕耘，一分收获，如果是你想得到的，苦也是甜的；如果并非你所要的，即使得到了也不能让你快乐！

韩道耐着性子进行完那个工程后，还是决定要离开朋友的公司。那些事务带给他心里说不出的压抑，越来越让他厌恶，不愿承受。

当韩道对顾磊说出这个心意时，顾磊并没有多说什么，他了解他的心思，知道他要是干着没劲，再劝也没意义，所以只是默默地从身后保险柜里拿出几万块钱，推了过来："咱哥俩啥也不用说，我这儿随时欢迎你回来！"

韩道笑了笑："谢了，兄弟！你的心意我领了，但这次真没帮上你什么忙，这钱我不能要！"

顾磊瞪起眼珠道："你还拿不拿我当兄弟啊？这俩月你在现场上上下下跑来跑去没少辛苦，现在项目顺利结束了，虽说没挣什么大钱，终归也是有利润的，你丫跟我客气什么？嫌少是不是？"

韩道见顾磊是真的较真儿了，也不好再多说什么，拿了其中一小部分，坚决说道："好吧！那我就取个车马费，你就别再废话了，再说别的那咱俩就真翻脸了！"

"得，这钱我算给你入股了！"顾磊知道强拗也无益。

那天，佳娴吃完饭送客户出门时，听见隔壁包房里传来很熟悉的声音，顺着门缝往里一看，果真是韩逍他们。

略作迟疑，佳娴还是鼓起勇气推开房门走了进来。

她觉得自己和韩逍间还有太多没有澄清的误会，她深爱着韩逍，却不知道他究竟是着了什么魔。是的，作为当事人她一直没法接受韩逍离开这件事，更不能理解他如何能对自己如此的义断恩绝。

时隔良久，再次见到韩逍，心底有太多太多的委屈和不甘一起涌上心头，无论如何也要再和韩逍谈谈。

“女王”的突然出现，把在场的所有人惊了个措手不及。佳娴干脆不客气地直接跟大家说：“不好意思，各位！我找韩逍有点事儿，请大家多多包涵，你们继续慢慢喝着聊着，我想跟他出去走走，这顿饭的单我买了，再罚酒三杯，算是给大家赔个不是！谢谢各位了！”

“那怎么行？不用，不用！”

“别跟我客气啦，搅了你们的聚会真不好意思……”

“嘿，瞧您这话儿说的……那什么，哥们，还愣着干吗，赶紧的走吧……”也不知是谁搡了搡正囧在那里不知所措的韩逍。

此刻，韩逍心里就像打翻了五味瓶，各种感觉一股脑儿地搅拌在一起，眼下随佳娴出去，无疑是最明智的选择。于是，尴尬地站起身，没说话便走出了包间。

见二人离开后，屋子里安静了片刻。“怎么说走就走掉啦，酒还没有罚呢！？”还是顾磊憨憨地来了一句，又把大家逗得哄堂大笑。

多日不见的佳娴，外表看上去，依然还是那么的姿仪万千、风情楚楚，但韩逍能感觉到，在她此时此刻的眼神里平添的那一份幽怨，带点慌张又带点深邃，而这是以前的佳娴从未有过的。

这是一条代表北京夜生活的地标性街区，虽然已近深夜，但依然人流滚滚，车辆穿梭。春天的夜晚，干燥又沉闷。韩道和佳娴默默无语地走在靠近马路的便道上。气氛有点伤感，回想起过往，这条街道也曾经多少次印过两人快乐的脚步，几年前的生活恍惚若现，两人都不由自主地感觉心在隐隐作痛，被针刺一般。

荏苒岁月，清晰在目。如今走在这条熟悉的路上，却好似时空轮换，物是人非。

“你最近好吗？”佳娴终于忍不住先开了口。

“凑合吧，还那样儿……”

“听说你最近在和顾磊搞工程呢？”

“之前没事儿闲的……现在也不干了。”

“其实，你可以回来继续做啊。现在这边日本部的人马都撤了，就我爸和我在管着公司，你要是愿意，我和爸爸商量下，我们都可以撤出，不跟着掺和这边的业务，都交给你……”

“佳娴，谢谢你的好意，你还不了解我吗？这怎么可能？”韩道听不下去了，斩钉截铁地拒绝了佳娴。他心里非常清楚，她所描述的美好一切，都是一厢情愿的设计，他绝对不可能接受。

“韩道，我不知道自己究竟做错了什么？即便有千种不对，你难道就不能给我个机会改过吗？”佳娴突然停下脚步，伸手拉住韩道恳切地追问他，说着说着，眼眶也红了。

看着泪眼涟涟的佳娴，韩道不知如何作答。仔细想来，佳娴没有任何对不起他的地方。可韩道不能再欺骗自己的内心，爱与不爱对他来说，已经是再直白不过的事实，真不需要再通过任何逻辑分析来推理出结果。他抿了抿嘴唇，望着佳娴，欲言又止。

“难道我就让你那么厌恶吗？难道你就从来没有想过我吗？”佳娴见他如此，情绪更加激动地连连逼问。

“不！没有！你很好……真的，佳娴……你没有什么不对，是我不好，问题在我……也许，我厌恶的不是任何人，而是这个城市吧……”韩道有些不敢直视佳娴的眼睛，目光望向别处，悻悻地回答。

“让我们重新开始好吗？我知道我原来太任性，对你干涉太多，我以后改还不行吗？你随便做你什么喜欢的事情都好，我不会再像以前那么管着你的……我只想跟你在一起，好好的，不行吗？”佳娴情真意切地央求，几乎快要击穿韩道那颗本就柔软的心。但是，佳娴接下来的一句话，又把正在犹豫、险些缴枪投降的韩道瞬间推了出去。她说，“难道，我和你那个乡村女教师比起来，真的就那么差吗？”

佳娴的一句恨词，就如给韩道当头浇下一盆冷水，令他顿时清醒过来：“佳娴，对不起……我不能再次骗你……你不比任何人差，但是，我还在爱着她……我没有爱过你……”

韩道的回答就像一颗子弹直接射入了对方胸膛。

佳娴被这一击惊住，瞬时崩溃。她终于再也无法承受，自己如此屈尊还被拒绝的事实。她终于感觉到一种前所未有的屈辱。莫大的挫败感在撕扯着她原本坚不可摧的骄傲内心。仿佛以前所有的优越、自信、令人艳羡的美丽外表，突然一下子，被轻易地瓦解，溃不成形。

佳娴双泪纵横，转身飞奔而去，没一会儿便湮没在午夜的嘈杂中。

韩道没有去追。

他知道，这次是真的伤了佳娴的心。也许，爱上真的不需要任何理由。一旦依附太多的解释，珍惜也会成为一种负担。爱的时候死心塌地，不爱的时候释然放手。如果发现爱错了，那就趁早更正吧，毕竟一生中值得爱的人很多，而真正可以爱的人却很少。

一个月后。韩道突然接到飞飞电话，许远出大事儿了！

许远周末和朋友去内蒙草原不幸翻了车，脊椎和颈椎伤势严重，差点就赔上了性命。就算术后百分百的康复，也肯定要告别各种危险的户外运动了，更甭说那些他向来喜欢得瑟的自虐式旅行项目。

韩道马不停蹄地赶到的医院时，许远已做完急救手术，浑身插满了各种管子，整个脖颈都被硕大的医用支架紧紧固定，手脚身体都被一圈监控仪器用线连接，活像一只硬生生折了翅膀的苍鹰，悲壮凄然。

“哎，哎，我说哥们儿，别哭丧个脸，我这不没死吗？啧啧啧，瞧你这德行，才艺表演个哭鼻子是吗？要说啊，我这辈子也算值了，想去的地儿、想干的事儿基本都拿下了，没啥遗憾。一直就想，去他妈的房子车子事业家庭，自己走哪儿是哪儿，看看风景，谈谈风月，最后，嘎嘣儿一声，客死异乡。墓碑上就刻着：祝贺这厮去另一个世界继续装蛋！哈哈，听着都觉得痛快！”许远硬撑着被各种器械绑架的身体，吃力地拿出一副大无畏的口气，微笑着安慰起赶来探望的好友。

韩道从未想过，自己一直敬佩的铮铮汉子，突然会变成如此不堪一击的样子。他们本就是交情至深的兄弟，此刻真恨不得自己能去帮他分担一半的伤痛。

许远说话费了力，不得不适时喘一口粗气。他见韩道仍旧坐在一旁不言不语，神情悲戚，于是故意低低哼了一声，继续对他说：“兄弟，我的人生剧本没准已经定稿了，就要这么躺着过后半辈子了……想知道我之前为什么停不下来吗？我今儿就告诉你真正的原因……大学毕业那年，我第一次出去旅行，在黔东南的苗乡遇到了一个女孩，我们结伴走遍了整个贵州，那是人生第一次，也是唯一一次让我怦然心动……我们一起度过了我这一生中最美好的一段时光，但后来我们却无奈地分手了，唉……主要是因为我当时太现实了，我放不下都市的灯红酒绿生活，放不下那些天花乱坠的所谓成败抱负……如今看来都不过是一场空，一个屁啊！”许远说得有些动情，竟似有些哽咽一般——韩道判断不真切，不知是他因身体的苦痛而无法掩饰的悲伤，还是心底升起的感怀。

“为什么她不来找你？”韩道往前凑了凑，禁不住发问。

“她的母亲身体一直不好，需要有人在身边照顾；我那时候事业也没基础，满脑子都是等挣够了钱，买处大房子再把她们接来，真是很傻很天真啊！她整整等了我六年，六年啊！姑娘的青春有几个六年？等我觉得扬眉吐气可以明媒正娶了，她已经无法承受临终老人对她早日成家的夙愿，匆匆嫁人了……我后来不停地出去旅行，变着法儿地各种挥霍，都是想用刺激和挑战去忘了她。可我用了十几年时间都没再能遇到那种悸动的感觉……现在好了，我终于可以停下来，安安静静地躺在这儿，只想她一个人了。你知道吗？我最后悔的，或许不是这辈子跟她有缘无分，而是在那一刻没有义无反顾！有些事情，如果当初没有坚持，就真的再也找不回来了……”许远把自己的心事毫无保留地吐露出来，说完，他长长地松了一口气，闭着眼睛沉默了好久。仿佛胸口真的有什么沉重的东西，随着他这长长的诉说一点点消散了。

这一番话让韩道极为动容。他隐约感觉到这不仅仅只是许远分享深藏心底的往事。在如此特别的场合一吐为快，许远一定是特意讲给他韩道听的！一定是！

“兄弟，是爷们儿就打起精神该干吗干吗去！别以为我不知道，你心根本不在北京，别大白天装鬼玩了！看完我，该上哪儿上哪儿去……再怂就别说认识我！”

“老大，你别说了，我明白了！”

许远不愧是韩道的大哥，他越骂越来劲，竟忘了自己每说一句话所带来的疼痛，他实在看不得韩道这阵子浑浑噩噩的状态，他从心里理解韩道，更为之着急上火。而韩道自从丙中洛回来，真的就没正常过，成天如坠云雾，不知所向。许远的一段心事，几句骂言，字字都如钢针戳中韩道的要害，这种痛快淋漓的疼痛，让迷惘的人猛然清醒过来。

是啊。人总是习惯于把现实摆在嘴边，轻易地因为畏惧困难，而用千百种借口来助长退缩。有多少人敢为梦想而不计付出，敢为真情而大胆追逐、坚持不懈呢？韩道之所以那么依恋于褚遥，不正是因为她身上所具备的那股不畏艰难、坚忍执着的精神吗？而他自己呢？只知道一天到晚想三想四，看似野心勃勃，实际却毫无作为。他凭什么赢得褚遥的垂顾？又凭什么能和她真正快乐地携手在一起呢？

韩道扪心自问，才发觉在丙中洛待过的那段日子里，他所做的一点都不够——只顾着不切实际，浩浩荡荡的人想法，却连一点小小的行动都不肯坚持。而褚遥在他临走前说过的话，这才真的句句凿在他的心坎上，令他如梦方醒。

接下来几天，韩道在承德医院陪护许远脱离了危险期后，便和另外几个哥们儿齐心协力把他运送回京，安排到一家专科医院进行最好的康复治疗。

等这一切打理妥当，韩道觉得，到了该为自己的梦想付诸行动的时候了。

无论多么艰难的旅程，一旦真的下定决心出发，任何事都已经不是困难了。

Charpter 16

萤火虫与理想之光的距离

既然无处可逃，不如喜悦；既然没有净土，不如静心；既然没有如愿，不如释然。一个真正安心的人，在哪里都可以过自足快乐的生活。

满山的雏菊花已经蔓延到了村子周围的各个角落，蒲公英已经随风飘走。每天清晨，薄薄的云雾拥抱着每一棵花草树木，格外妖娆。

扎姆朵儿已经可以独立代课了，无论语文还是数学，基本都能讲得有模有样。而且她还提出每年春夏相交，是这里最美的季节，为什么不带孩子去户外上自然课呢？

“只要心灵澄澈，四季都是好时光啦！”褚遥笑着回应。

选了个晴朗的日子，褚遥和扎姆朵儿带着十几个孩子到山上，去采集不同种类的植物叶子标本。一路上孩子们不停地问这问那，两位老师真有些招架不住了，回来的时候已天色将晚。顽皮的男孩儿腊扒时钻到草丛里去捉蚂蚱掉了队，害得褚遥安排扎姆朵儿把其他孩子带下山，自己一个人又返回山上找了好久才找到。等她们下了山，天已经黑了。

村子里安静下来，穿过村子的小溪流水声变得清晰可闻。

褚遥用手机屏幕微弱的光照射进村的小路，让腊扒时走在前面，她紧紧跟在后面。

“老师，老师，你快看，水边有萤火虫！”

“在哪儿，在哪儿？”

他们同时停下脚步，褚遥把手机屏的光关掉，朝水流的方向仔细瞧过去。山里的夜晚很黑，小溪边的草丛里的淡蓝色荧光一闪一闪。确实有一只萤火虫忽而飞进草里，忽而又飞出来，微弱的蓝色荧光忽隐忽现。

“嘘……别说话，我偷偷过去把它抓住……”腊扒时忽然又来了兴致，没等褚遥反应过来，已经弯腰卷了卷裤管，蹑手蹑脚地走向溪水边。因为四周很黑，看什么都看不真切，褚遥伸手胡乱划拉也没拽住那孩子，也只好悄悄地跟了上去。

“老师，你别动啊！不然我就抓不住它了！”腊扒时隐在黑暗里也不忘朝后面的褚遥再次叮嘱，好似她一动就要惊扰了美丽的精灵。

褚遥放慢了脚步，用很低的声音说：“不要抓它了好吗？不然萤火虫就会传递信息，不让其他萤火虫来这里了……”

“啊，真的？”

“当然了，老师不会骗你的，你就在那儿静静地看看它就行了，你一捉它就会死的……”褚遥压低了嗓音，仍然耐心地劝说那个调皮的小家伙。

腊扒时也想乖乖地听老师的话，可他太想把萤火虫抓在手里了，经历了几番思想斗争之后又偷偷伸出手，一点一点，几乎想做到毫无察觉地接近它，接近它。

借着那一点点荧光，褚遥仔细朝那边望着，她好似看到小男孩伸出了手要去抓它，便稍微提高了声音制止到：“别！”

这一声把小男孩惊得脚下不稳，站在水里的身体一晃，差点喊出来！可搅起的水声还是把萤火虫惊动了。只见小男孩的四周，草丛里突然冒出来好多萤火虫，足有几十只，被他们这一点风吹草动搞得漫无目的地四处乱飞，好似星盘碎落人间，散成满目的星光熠熠。

“哇……”

腊扒时站在溪水中望着那漫天飞舞的魔幻“小精灵”，不由自主地感叹一声。

“哇……好美啊！”褚遥被这一幕惊呆，也禁不住赞叹。

两人一个水里，一个岸上，就那么呆呆地望着一群萤火虫，好半天才回过神来。

褚遥把小男孩从水里拉上来，再次警告他不要抓萤火虫。

“老师，为什么不能抓虫啊？”

“小鬼，萤火虫是益虫啊！它还是我们这里最宝贵的昆虫呢，我们当然要保护它们！”

“宝贵？”

“你想知道为什么？”

“嗯，快告诉我吧，老师！”

“好，你先回家去，等明天来了学校，老师一定告诉你，还要告诉其他同学，好吗？”褚遥拍了拍小男孩的肩膀，微笑着带他朝家走去。

把腊扒时安全送到家后，褚遥摸着黑回到了学校的宿舍。

屋子里的火塘火小了，她拣了柴又烧得旺了些。然后，一边热饭，一边拿出了学生的作业准备批改。

扎姆朵儿又不知道跑到哪家去玩儿了。她无论到哪儿都能找到一起玩的小伙伴，总是很晚才会回到学校睡觉。

褚遥一个人吃过饭，呆呆地坐在火塘边，竟不知不觉过去了很久。她回想刚刚遇到萤火虫飞舞的一幕，心底里莫名地有些感伤。

她毫无来由地想起了韩道。这已经是在她努力让注意力转移后的第N次。

韩道已经走了一个月零二十九天。他只给她发过几次短信，打过两次电话。而且，由于自己各种无来由的借口，两次电话，她都没有接。

至今，韩道走之前与她的争吵还历历在目，当时说的话，一句一句在心里不知道反复咀嚼了多少遍。她从来不认为自己还会为了爱而神伤，韩道走的那天，她没有去送，也没有多说任何话，还故意表现得很自然轻松的样子。似乎一切在她眼里都是理所当然的，注定的。

这么些天，她总会不着边际地回忆起她和韩道相遇的情景，回忆他们后来在一起的种种片段。或者，只是突然在心头闪现某个过往的画面，韩道的某句话，一个表情。

她想他。

可她一直不承认，不允许自己承认。

她狠狠地骂过自己，从一开始她和韩道就没有将来，她为何会如此执迷不悟？

她又默默地安慰过自己，没事的，人生不只有一种情感是宝贵的，或许，将来他们还会成为朋友，她对爱情的抵抗力早就应该固若金汤了，何必故意放纵自己的软弱，显得不堪一击呢？可是，可是她今晚又一次沦陷。

她抑制不住自己去想象，当时如果韩道也站在水里和她的学生一起去抓萤火虫，他会不会把它捧在手心里，小心翼翼地送给她？

他们会不会还有机会一起在萤火虫飞舞的天堂，相互依偎，诉说心语？

无论是“夕殿下珠帘，流萤飞复息”，还是“昼长吟罢蝉鸣树，夜深烬落萤入帏”的情景，他会不会还愿意与她一起欣赏？

听说，在新西兰北岛一个小城的岩洞内，萤火虫灿若繁星，有人把那种自然奇观称为世界第九大奇迹。如果他在，会不会在夜深人静的时候对她讲起？

为什么？她也想知道为什么！

为什么她要把爱情和浪漫的所有想象跟韩道联系在一起？为什么未来一定要她做出选择？为什么她已经不能放胆去爱一个人？

既然无处可逃，不如喜悦；既然没有净土，不如静心；既然没有如愿，不如释然。一个真正安心的人，在哪里都可以过自足快乐的生活，谦和、平静地做着该做的事，实现小小的夙愿，不乱于心、不困于情，不悲过去、不贪未来。

她从过去的挣扎与困顿中走出来，到现在找到真正感觉快乐的事业，并不容易。所以她理解韩道，理解他还无法适应这里，只能选择离开的心情；可就是因为韩道，她的平静又被冲破了吗？她变得不再安心了吗？

对孩子们的付出，带给她的快乐和满足是其他任何事无法比拟的，她不可能放弃自己的这个选择，这份执着已经渗入她的血液，再也回不去了。而且，她深知，她要坚持，永远不会放弃。

浮华之下，理想之光和萤火虫的光的确有时候很相似，微弱，易逝，珍贵，值得去追寻和守护。他们的爱呢，是否在茫茫人海中也显得那样微不足道？

第二天，褚遥准时走进简陋的小教室，如约给孩子们上了一堂生动的萤火虫课。她告诉孩子们，全世界大概有两千多种萤火虫，发出的光颜色各不相同，长的样子也不一样。中国有一百多种萤火虫，仅云南就占了其中的六十多种。所以云南是萤火虫的王国。这类“无声无息”、“闪光一生”的小精灵寿命最多只有一年，更重要的是，它也被公认为是一种环境指示物种，就像植物中的“树胡子”。

“同学们，萤火虫对生存环境要求非常高，它们只喜欢植被茂盛、水质干净、空气清新的自然环境。一旦植被遭到破坏，水质被污染，空气变污浊，它们就会消失得无影无踪。凡是萤火虫种群分布的地区，都是生态环境保护得比较好的地方。换句话说，如果有一天萤火虫在地球上消失了，足以证明我们的生态环境已经十分恶劣。如果像萤火虫这样的物种都灭绝了，可能会造成我们人类整个生态系统的崩溃。所以，以后我们要保护萤火虫，不要捕捉它们，不要打扰它们，好不好？”

“好！”孩子们异口同声地回答。

“你们知道吗？原来我们云南省有二十多个萤火虫的栖息地，但是现在已经有好几个栖息地被取消了——因为那里的萤火虫都不见了。就是因为这两年，每到夏天就有人去捕捉萤火虫，然后到城里去卖，但萤火虫在捕捉、运输、放飞过程中，都会遭受伤害，甚至死去。萤火虫需要洁净的水流、湿润的环境、没有光污染的黑夜、茂密的草丛、自然的植被……”不知道为什么，褚遥越讲越觉得心里空空的，就像被什么东西越掏越空。

她隐约意识到，自己心里一直被忽略的那份真挚的感情，也如同山野间的夜光流萤一般，正在慢慢变弱，消失。

这种消亡让她感到很害怕，好像眼睁睁地目睹自己再无力点亮的生命之芯。有一个声音在问，如果没有心头的那盏荧光，她从此后的生活会不会变得枯竭乏味？

她想着这些，竟忍不住红了眼眶。

夜里。看出褚遥的情绪不太好，扎姆朵儿没出去玩儿，吃过饭便待在宿舍里陪她。她们两个人坐在火塘边，默默地低头批作业，许久都没有说话。

“萤火虫萤火虫漫天飞，夏夜里夏夜里风轻吹……”扎姆朵儿终于闷不下去，轻声地哼起那首熟悉的童谣。

这歌声让褚遥抬起了头，湿润的眼睛在火光的映射映照下，闪着晶亮的光。

“姐姐，你是不是想韩逍哥哥了？”扎姆朵儿心直口快地问道。

“才没有……”褚遥赶快否认，可话吐半句又噎了回去。整个人顿时显得紧张兮兮地，露出一个非常难以形容的笑容。

“姐，你说……韩哥哥还会回来吗？”

“……不知道……可能吧……”

这会儿，心乱如麻的褚遥真的受不了扎姆朵儿的直率，又无从应付她后面肯定会有的追问，索性站起身，没多解释便走出了屋子。

褚遥一个人站在校舍外的空地上，扬起头，闭上双眼深深地呼吸。幽香的空气里不知什么时候渗入思念的味道，细细地、不留痕迹地钻入了她的心肺。

即使在保持一个不让眼泪流出的仰头姿势，她还是哭了。

自从韩逍走后，她第一次不可遏止地哭出声来。不远处，木楼里灯光微弱，寂静无声。面前黑洞洞的夜里有飞鸟被她的伤心惊起，扑棱棱地从一处飞往另一处虚空。

睁开眼，泪水的透视下，漫天星光如钻。她心想，那个身处连星星都看不到的城市里的他，如今过得怎么样了？

这一刻，她突然记起前一夜做的梦。梦里，她在一次出行回来后，突然发现自己投入全部精力建造起的一幢宫殿被不知名的人炸毁了。她一个人站在残垣断壁的宫墙里，踏上唯一幸存的一道楼梯，望着四周的废墟默默地发呆……

直到听见一个熟悉的人从背后大声地叫她，她猛然一转身——醒了过来。

Charpter 17

若不是还想着再回到你身旁，早就对命运投降

忧伤总会越过泪光而执着于思念的深处，为即将呈现的重逢做好不曾辜负的铺垫。不由得想起杨绛先生的百岁感慨：我们曾经无比渴望命运的波澜，到最后才发现，人生最妙曼的风景，竟是内心的淡定与从容。

“女士们，先生们，我们的飞机还在滑行，请您坐好并系好安全带，舱门打开前请不要打开手机和行李箱……”空姐重复着甜美的叮嘱。机舱里这一批险些因为天气原因被迫折返的旅客们早已经迫不及待，纷纷开始动手收拾行装。

好容易才从腾冲机场落地，韩逍似乎比任何人都要急着奔出机舱。既然这次心里再没有那些无谓的羁绊，就一刻也不想多等，最好立刻就能飞奔到丙中洛雾里村，这才是他此时此刻唯一的念头。

韩逍拖着鼓鼓的大行李箱从诸多滞留的旅客中挤出来，头顶的霏霏细雨已经逐渐变大，湿热的空气被伸手可及的阴云压得浓度几乎饱和了。又有要起飞的航班被取消，身后的人群里发出极不情愿的熙攘声。

每年的八九月份，是云南境内的阴雨季节。对于旅行者来说，这个

时候选择来腾冲或者云南其他地方都不是最佳的时间，不过，韩道不是旅客，他这次是“回家”。

他已经卖掉了自己在北京的小房子，转让了不堪再颠簸的车子。是的，他决心在云南的丙中洛定居下来，再也不走了。所以，他此刻的心情已急迫到了极点，多么想下一秒就站在褚遥的面前，把憋了一肚子的话全说出来，好让这个惊喜抹去以往的思念带来的所有隐痛。

可是在机场外兜了好几圈，也没找到哪辆车可以载他到丙中洛，归心似箭的他却等不及第二天中午才有的班车。索性把防雨的冲锋衣披在外面，背上行囊，拉着行李箱，径直走进雨里——顺着机场外的公路去找可搭的车。

路上的车很少，韩道一边疾走，一边回头张望，不知不觉已经步行了很远的距离。干脆就这样走下去吧，慢慢地接近他心灵的港湾，一点也不会觉得累吧？

雨，仿佛是在帮忙寻准节奏，附和着他心跳的速度，愈发从如注到倾盆。韩道的户外防雨外套好像已经完全失去了作用，通身湿漉得不成样。前方不远处，离开公路好像有可以躲雨的地方。是继续在路边等顺路车，还是离开公路先去躲雨？韩道犹豫着，停住脚步。正在这时候，他隐约看到有一辆灰白色小面包从身后开上来。

“大哥，您往哪儿去啊？”韩道使劲抡着胳膊拦下了这辆小面包，从车窗外探头进来，压着雨声提高嗓门询问。

“六库……”司机是个黑瘦的中年男人，眼看被雨淋透的韩道惊得不知说什么，何况身后还有那么重的行李。

“哎呀！太好了，师傅，您能捎我一段不？我可以付车钱的，可以吗？帮帮忙吧？你看这雨下得，我也找不到别的法了……”韩道可劲儿地请求，生怕人家拒绝他。

“上车！”没等韩道把所有的理由讲完，司机便爽快地答应下来，还松开安全带准备下车帮他去搬行李。

一看这哥们如此实在，韩道急忙扬手制止道：“别别别！我自己来，我自己来，您别动了，我自己能行！嘿嘿，太感谢您啦！”

他在雨中将自己的两个大包装进后备厢，然后打开车门，把身上湿透的外套扯下来，拧了拧水才坐进车里。“不好意思啊，大哥！我这衣服、裤子都湿了，把你的座椅也搞脏了……”

“没事，你坐着就好。”

两人没一会儿便聊得热络起来，司机大哥也不再用刚开始那种讶异的目光看韩道，而韩道也由于兴奋而毫不掩饰地说起自己这次行程的目的。东拉西扯、没边没沿地边走边侃，没感觉时间过去，六库已经到了。那位司机大哥说什么也不要韩道的路费，还好心地把他带到了可以找到导游车的地方。

雨还在下，韩道又费尽口舌，找到一辆肯去丙中洛的越野车，便继续往前赶路。当他们赶到贡山的时候已经是夜里了，司机师傅撑不住了，委婉地说道：“雨天赶夜路终归不安全啊，到底什么事儿急成这样？”韩道本想用为爱痴狂来作答，话到嘴边又硬生生地收了回来，笑着指挥司机找了家旅社住下。

在房间里，韩道第一件事便是打开随行的大行李箱，检查里面的东西是否被雨打湿。这次来他是做了充分的准备，偌大的行李箱里装满了新书包、新文具、新课本，还有各式各样的体育用品，乒乓球、羽毛球、篮球、足球、跳绳……

书包和文具都是按雾里村孩子们的数量准备的，总共十份大的，八份小的，他甚至都按照男孩女孩喜欢的不同颜色分了类。

剩下的就是他给某个一直没有球鞋穿的男孩子买的新球鞋，给学校最小的那个小姑娘带的蝴蝶结，给喜欢唱歌的小女孩带的口琴，给数学最好的一个小男孩带了一套“幻想数学大战”……

还有，他带给褚遥的一个小惊喜，一台可以随时带在身边的小巧的白色微单相机——她曾经说过，很想把跟孩子们在一起的每一个快乐瞬间记录下来。

韩逍把这些用心准备的礼物里里外外都翻看了一遍，幸好大行李箱是防雨防潮的材质，虽然箱子被淋得不成样子，不过里面的东西都完好无损、整整齐齐。

他一边重新把整理好的物品装好，一边想象那些孩子见到他带的礼物会是怎样的反应。不知不觉，嘴角露出一丝心意绵绵的微笑。

第二天，韩逍早早就催着司机准备上路。雨停了，天气依然阴沉，云雾笼罩着青山绿野，空气依然湿漉漉的，好像随时都可能积聚成雨，从天而降。

刚下过雨，山路非常湿滑，而且半途还看到好几个地方似有塌方的危险。这个司机比起独龙江时的何奎师傅经验要差了很多，一路上哆哆嗦嗦走走停停，到了一些特殊路段时，速度更是比牛车还慢。韩逍恨不得上去抢过方向盘自己驾驶，可想到安全第一，又只能作罢。

总算在中午前赶到了丙中洛，这四十多公里的路整整开了五六个小时。饥肠辘辘的两个人随便找了个地方吃午饭，司机一边吃一边半藏半掖地跟韩逍说："大哥，你看这天儿，说不定等会儿又下雨，不然你在这儿住下，等晴了再走吧？"

"啊？别啊！不是说好了今儿送我到前面的栈道那边么？"

"大哥，那个……我就送到这儿中不？车不是我自己的，再往后路况复杂，车真坏了，我没法跟老板交代啊！再说，刚才多惊险啊，你看……我手心儿现在还有汗呢！"

"兄弟，别啊！你这样我还得另找车，怪麻烦的！前面不远了，你就送我到那边我自己步行进去，你看行吧？"韩逍虽然对这突然的状况，有点心怀不满，但还是极力用温和的语气跟对方恳求着。

"那个……要不然我退你一部分钱？我实在是怕了，大哥！"

韩逍看得出面前这位司机是真被糟糕的路况给整怂了，他不想往前走肯定也是怕担责任，这路，这雨，车若陷到里面，说不定好几天都出不来。

"算了，我也不为难你了，你不用退我钱，你就再往前送我几公里，路看着一难走你就停下往回返，我自己走着进去！"他心一横，不管怎么着，吃完饭他也要动身往雾里村赶。就算天不作美，路再难走，他都不会退缩。不就是背着行李多走一段山路么？当地人不也一样经常背着重物爬上爬下的么！有什么好怕的？车走不了，两条腿总能走，盼了好久与褚遥再见面，如今怎么可能就此怕难了呢！

司机见拗不过韩逍，只好有些勉强地点了点头。

山路上空的阴云咬牙坚持着，希望可以把雨撑到明天再下。

拖着行李箱和大背包的韩道，小心翼翼地行走在通往雾里村的山涧公路上。裤管已经被泥浆沾满，衣服被汗浸透，浑身比雨淋也干不到哪儿！韩道已经独自徒步走了好几公里，累得气喘吁吁，这会儿不得不停一停脚步。抬头远望，那座废弃的吊索桥在云雾中影影绰绰，现出模糊的轮廓。继续往前，穿过两公里的古栈道，就可以到达雾里村了！

天色越来越晚，必须赶在天黑前顺利穿过栈道，不然就太危险了。默默给自己鼓了鼓劲，把脸颊的汗一甩，韩道扛起大箱子继续前行。

想到马上可以见到褚遥，他从心里感到激动不已。有种说不出的冲动，一股股地冲向大脑，他都等不及要张开湿漉漉的臂膀去拥抱她了！忧伤总会越过泪光而执着于思念的深处，为即将呈现的重逢做好不曾辜负的铺垫。不由得想起杨绛先生的百岁感慨：我们曾经无比渴望命运的波澜，到最后才发现，人生最妙曼的风景，竟是内心的淡定与从容。

傍晚前，韩道双脚终于踏在那条久违的古栈道上，心里竟然升起一种强烈的紧张感，不是因为山路的险峻，而是因为近在咫尺的褚遥。

她熟悉的笑容越来越真切地浮现在脑海里；她爽朗的笑声响在耳畔；还有她那清莹动人的双眸！

韩道甚至觉得眼前的山崖上传过来某种幸福的气息，仿佛还听到孩子们的嬉闹声隐隐约约回荡在山涧。他加快了步子，边吃力应付着脚下湿滑的山石，边费尽心思琢磨，等见到褚遥时第一句话该说什么。他是该像不曾远离那样，淡淡地一句：“我回来了！”还是什么都不说，只紧紧地将她搂在怀里，用猛烈的心跳去解释一切？

当他终于筋疲力尽走到雾里村的校舍门前，映入眼帘的一幕让他彻底傻眼了——夜幕下，被暴雨冲刷过的木房子显得那么寥落残破，教室里满地积水，尤其是那间老师宿舍，遭遇浩劫般地塌下来一角！

这就是自己心里日思夜想的港湾，怎么会？站在面目全非、曾经装载着她们丰饶爱情的小木屋前，韩道的心一下子跌到了无底深渊。

褚遥呢？韩道像个木桩一样在原地呆了好一会儿，突然疯了一样跑出去，在教室里，校舍外面，来来回回转了好几圈。

——褚遥！你去哪儿了？

——你走了，我该怎么办？

疲惫的韩道蹲了下来，把头埋在膝间，一动也不想不动……

Charpter 18

多少夜我梦中呼唤你，还是没有你的消息

原来，世间有太多不可能完成的任务，都是在看似不可理喻的冲动下完成的。不是因为有了希望才去坚持，而是坚持了才会有希望；也不是因为成长了才去承担，而是承担了才会有成长。

噔噔噔！

一阵急促的脚步声，越传越近。韩逍从衣兜里拿出手机，借着屏幕上的亮光站起身。隐约看到门外不远处有人影正朝这边赶过来。

他站在小木屋的外面等人走近，才分辨出来，原来是雾里村的老村长，身后还跟着个看不清楚模样的小孩子。

“哎呀！真的是韩领导么！”老村长喜出望外地走上前握住韩逍的手。

“嗯，那个……我以后是这儿的老师。”韩逍不知为什么，被老村长这么亲切地握着手，竟然感觉心头酸酸的悸动，想哭。幸好，两个人是站在夜里，四下里光线很暗，什么也看不真切，他脸上刚刚掠过的那丝伤感之情不会被轻易察觉。

“好，老师！老师！先别讲了，赶紧跟我回家去！这间屋子漏雨，等

修好了再住……对了，韩……老师有行李吧？放在哪里，我来帮你搬！”老村长不由分说，便拉着他往自家走。

“不用，不用，我自己能行！”韩逍被盛情驱赶，回屋子把行李箱和背包搬出来，紧跟在老村长身后，深一脚浅一脚地往他家的木楼走去。

“这小娃子刚刚跑到我家，非说学校来了人，我还不信，可没想到是真的！韩老师，你来了怎么也不去找我呢？褚老师这会不在，你来了，我也不知道，真是对不起啦！”老村长一边走，一边跟韩逍歉意地解释着。身后的小孩子，脚步轻快地跟着，一直想说什么，却又插不上话。

“可别这么说，老村长，我这次来也没提前告诉大家，所以也是不好意思……那个，褚老师……”

“褚老师出国了！都走了一个星期了！幸亏是走了，要不然，这大雨滔天的她在宿舍很危险呢！我们商量好了等雨停了，赶紧把宿舍修起来！”

“啊？”韩逍神经一下子被揪紧，出……出国了？

褚遥为什么会离开？谁给这里的孩子上课？她去了哪里？要去多久？是不是还回来？什么时候能回来？还是这次走就根本没打算再回来？她走的时候是一个人走的吗？还是有谁来接她走的？难道她就那么轻易地放弃了？

塞巴斯蒂安！他脑子迅速回想起一个人来，但韩逍不敢往下再想。

等他把自己的行李都搬到老村长家的屋子后，便开始被老村长和家人招呼在一起准备吃晚饭。尽管他来得唐突，可老村长还是尽了最大的努力去招呼村子里几个有头脸的男人，并发动了好几家的女人把好吃的东西拿了过来为他接风。

韩逍眼睁睁看着老村长一家老少里外忙活了好一会儿，才总算把该请的人请来，把一桌子饭菜端上来。这段时间里，他一直没找到机会张口去问那一串堵在心口，就要淤积成患的问题。

盛情难却，韩逍与长辈们喝过三大碗米酒，才终于找了个机会发问：“老村长，褚老师她……”

“哦，褚老师的事，这我也不太清楚哟！她那天走得比你还匆忙，是扎姆朵儿那丫头后来才讲的出国了。我们这儿的小娃娃们因为下雨都停课咯，等过了这阵子，把那边学校的屋子再找人修修好，才能招娃娃们上课呢……”

“那到时候谁来上课？是扎姆朵儿吗？”

“对，扎姆朵儿现在也是个好老师了！我看娃娃们都很喜欢她上课呢！”

“那……”韩逍还有点不死心，还想追问，可刚一开口便被老村长又给打断了。

“对啊，褚老师走的时候没跟你讲吗？她有什么计划一定会跟韩老师说的吧？怎么你这次自己一个人回来了？我本来还以为褚老师是被你叫走的呢！”

“呃……她……可能没来得及通知我吧……”这话题突然转到让韩逍即尴尬又失落的点上，他再也接不下去，便举起手里的酒碗，仰头灌了下去。

老村长似乎看出来点不对劲，桌边在座的其他几位也看到韩逍这副有苦难言的表情，应该都明白了些什么。

于是，有人故意提起夸张的大嗓门说：“来来来！韩老师从北京赶来，我们可要好好招待，这回我先敬下韩老师哈，希望您在我们这儿多住几天，村里的娃娃们一定都很想你哟！”

“谢谢，谢谢……”韩逍苦笑着应承一声，随即又把一碗酒干了。

“哎哎，你这话说得不对，韩老师这次来，一定不走了吧？”

韩逍自己把酒又倒上，猛一口下去，哈哈笑出声来。稳了稳被酒呛住的嗓子，然后，故意加重了声调说，“嗯，不走了！”

“哎呀！那孩子们可高兴坏咯！”老村长听到此言，十分高兴，不住地拍着他的肩膀，大家跟着哈哈大笑起来。

自从那晚在老村长家喝到烂醉开始，韩逍昏昏沉沉地挨过了三天。

正巧这几日，雨忽大忽小一直没停。他的心情也像被雨打的拖布，湿漉漉脏兮兮。为了不胡思乱想，他主张尽快把教师和宿舍都做一下加固和防雨措施。可雨下着，什么也不能做，哪儿也去不了。自己只能在村子里逗留，逢人便问知不知道褚遥走前有什么交代，可最终仍然一无所获。

直到第四天，他才想起自己这次来时带的好多送给孩子们的礼物，都还被装在箱子里没动。他跟老村长详细一说，对方立马开始帮忙张罗。

不过半晌，原来上过学的那十几个孩子都集中到了老村长家。韩逍打开自己的大行李箱，一个一个地按照人头分发礼物。每人一份的书包、文具和课本发完了以后。韩逍开始把自己特别准备的小礼物亲手送给那几个孩子。

得到球鞋的小男孩，望着韩逍，又看看手里崭新的鞋子，双手紧紧地把它们抱在胸前，默不作声地站在他面前待了一小会儿，然后转身便跑了出去。随后韩逍只听到，屋外传来猛跑的脚步和叫喊声——那是一种快乐无比的叫喊，胜过表达感谢的千言万语。

最小的小姑娘一直不肯走上前去，羞怯地躲在其他孩子的身后，眼睛一直盯着韩逍手里拿起来没送出去，又放在旁边木桌上的蝴蝶结，视线始终没有离开过。倒是那个最喜欢唱歌的姑娘很大方地接过口琴，问韩逍会不会吹。韩逍说会一点，她便笑嘻嘻地又问，韩老师愿不愿意教她。

韩逍微笑着，义不容辞地点了点头。

整个一下午时间，韩逍都跟这些孩子们混在一处，不知不觉让心情放开了许多。傍晚的时候，才开始陆续有孩子回家去。

“想不想早点开学上课啊，同学们？”

“想！！！”

仅这一个字，似乎给韩逍内心注入了更大的力量。无论如何，他要把学校继续办下去，即使有天大的困难也在所不惜，即使褚遥不在，即便她不会回来，他也要坚持留在这儿，让更多的孩子走进学校。

夜色暗下来。孩子们也纷纷回家了。

韩逍这才发现，在屋子靠近门口的角落，那个最小的小姑娘还默默地坐在小板凳上，没有离开。

“阿都妞，你还在等你的蝴蝶结是不是？”韩逍用尽量柔和的语气，朝门口的小姑娘笑问。

小姑娘瞪着一双大眼睛，没说话，又停顿了一两秒，终于鼓起勇气点了点头。

“那就快过来拿吧？你看它待在那里都等着急了，你再不拿可就飞走咯！”韩逍温柔地对着小姑娘，继续鼓励她赶快行动。

小姑娘这才站起身，以最快的速度跑到桌前，一手抓起蝴蝶结，扭头就跑。虽然这并不是韩道在城市里司空见惯的，小朋友收到礼物后表示谢意的方式，可当看到她们一个个拿着礼物飞奔出去的背影，他心里迅速升起某种满足感。看来真的不需要那些俗套的感谢，只要见到孩子们脸上那真挚的眼神就已经够了。

正是这些孩子身上发自内心的行为表现，才带给自己以及褚遥那么多无法割舍的感动和快乐吧？韩道暗想。原来，世间有太多不可能完成的任务，都是在看似不可理喻的冲动下完成的。不是因为有了希望才去坚持，而是坚持了才会有希望；也不是因为成长了才去承担，而是承担了才会有成长。

终于，等到雨暂时歇了。

尽管不是彻底的放晴，但山顶的阴云也已经散去了大半。韩道的心也开始渐渐晾干。于是，他偷偷跑到镇子上，采购了一大批建筑材料。

在全村老少的全力帮助下，整个校舍重新整修一遍，尤其在防雨和排水方面显然上升了几个档次。至于教师宿舍，韩道坚持亲子动手来弄。他把屋檐塌下去的位置进行了改造，远远望去像童话里的小小城堡。王子和公主从此过上幸福生活了，韩道暗暗默念。

那一天，韩道在几个大点的孩子们的簇拥下，闹哄哄地搬回了小木屋里。不过十来平方米的小房间里，重新燃起了不熄的火塘。每天的饭食也都是村里挨家挨户派孩子送过来的，这让韩道心里由衷地感激，可大家的热情又不容他张口拒绝，只好默默接受。

这些日子，雨还是下下停停，难得碰上几个连续的好天气。

白天还好，韩道这里总是缺不了人。也总有忙活的事。可到了晚上，每一时每一刻都非常难熬。

只有黑夜遮去所有的光，他才被孤零零地搁在一处，独自面对思念成疾的内心。他不敢去想象这时候褚遥在做什么，也不愿承认自己最不能接受的事实——褚遥真的跟塞巴斯蒂安走了。

那个看上去十分优秀的德国小伙子会带她去哪里？她会不会被他的魅力动了心？难道她真的对自己失望到移情别恋的程度么？

这些疑问夜夜都在折磨着他，折磨着他的决心和希望。

夜深人静的时候，他会默默地回忆褚遥说过的每一句话，耳边甚至还回响起褚遥曾经唱过的情歌。如果说扎姆多尔的声音充满了撩拨的热辣，那褚遥的歌声则充满了甜糯糯的温存——

真的好想见到你，心里话儿告诉你；

在这慢慢长夜里，我的人儿到底在哪里；

想你恋你梦你盼你，为何总是不见你；

多少夜我梦中呼唤你，还是没有你的消息。

呀拉九，呀拉九；

我思念的阿米亮

快快回到我的梦里；

我心中的阿米亮，

何时才能和你相见！

呀拉九，呀拉九；

哇里奴玛阿米亮，

哈伊呆奴都加玛都加。

呀拉九……

火塘里的火光摇曳，韩逍哼唱着一个人的情歌，像个懦夫一样默默掉下眼泪。他只觉得心口被歌里的每字每句刺伤：我终于找到家了，可你却离开了。

曾记得，褚遥跟他坐在村子外的草坡上，第一次唱起这首歌，那动听婉转的旋律一下子就攫住了他的心，他静静地望着褚遥恬美的脸庞，感觉从她口中传出来的就是天籁一般的声音，让他不忍惊扰，不舍忘记，满脑子只想着天长地久。

那是他人生中最美的一个黄昏。身后有桃花绽放，淡香飘逸，山风习习，鸟语啾啾。

Charpter 19

扎姆朵儿的盛装婚礼

这世上唯独爱情可以成全，不可承让。以“你若美好，我便安然”为常态，无论是身沐爱河中，还是在追爱的旅途上，都不妨做一个清醒者，不愧旧人，不负来人，怀揣真诚对待生命中的每一段时光。

当韩逍得知扎姆朵儿即将出嫁的消息，内心骤然被喜悦感充满。

“韩哥哥，你可必须、一定、坚决、确保要来哦！”扎姆朵儿发出恳切的邀请，那语气就好像韩哥哥若不到场，婚礼就没法顺利进行下去似的。

“嗯，拉钩！”韩逍用力地点着头。扎姆朵儿是个百里挑一的好姑娘，他由衷地希望她有一个幸福的好归宿。更重要的是，身为“姐夫”总该有那么点责任去见证妹妹的好日子吧。

风轻云淡，天气晴朗，真是个难得的好日子。

扎姆朵儿的婚礼就在这一天，为了傈僳寨子里的“黑珍珠”出嫁，天公也作美了。韩逍事先已知道扎姆朵儿要嫁的去处在贡山县城，可他还是起了个大早，转弯赶来了扎姆朵儿的娘家。背上送给新人的礼物，赶去傈僳村寨的路上，心情很不错。

这会儿，韩逍曾住过的阿纳姆姨妈家的院落里，已经临时搭起了土灶，柴火正旺，锅里热水沸腾，几个小伙子正从圈里拉出一头大肥猪准备宰杀。院里院外，一派忙碌景象。多日的阴雨让深山里的村落显得不那么容易晾干，喜庆正在上午的湿气里四处弥漫。

韩逍被阿纳姆姨妈请到竹楼里的时候，扎姆朵儿正在外面做一件很神秘、很庄重的事，傈僳姑娘成婚前必须经过的一道仪式——刮脸。据说以前傈僳姑娘出嫁前刮脸要选在大山深处的密林里进行，主要是为了避开外人，尤其是男性。

快近中午，扎姆朵儿在舅母和几个姐妹的陪同下，从村外的树林里回来了。她们已经给新娘行完了仪式。

亲朋好友陆续来了不少，加上同一个村寨的乡亲，阿纳姆家的竹楼外已经围了好多人。见几个姐妹簇拥着新娘开始精心打扮，便都哄闹着，想上前来观看。

娃拿扒是婚礼的证婚人，也是主持人，开始前后奔忙，招呼宾客坐入送亲酒席。新娘家送亲的队伍准备要向男方家进发了，随行的乐师们也吹起芦笙。按傈僳族的乡俗，女方家招待宾客一般都是草席宴。扎姆朵儿由姐妹陪伴待在房间里，舅母开始帮她洗脸洗脚。

据说，新娘洗过的水也有讲究，要泼洒在姑娘房间的地上，以示吉利。洗漱完毕，扎姆朵儿换上了妈妈亲手缝制的绣花衣裙，穿戴整齐，由伴娘陪同坐在闺房门旁的草席上接受来客的祝福。

这时，韩逍才有机会来到扎姆近前。他原本有满肚子的祝福话要说，可面对扎姆朵儿的时候，却又不知该讲什么了，只笑呵呵地把自己的礼物递给了过去。而一身傈僳新娘装扮、格外明艳照人的扎姆朵儿，此时此刻的性情似乎也不同以往，似羞似嗔，褪去了几分率真，又增添了几分含蓄，只剩那水灵灵的一双大眼睛一如既往地透着欣喜与娇俏。她满含深意地望着韩道，点了点头。旁边的姐妹也容不得客套，嬉闹着把韩道推搡到了门外。

尽管韩道也不算娘家亲戚，可还是被安排在了送亲的年轻人当中，他心里非常乐得担任这样的差事。

说到以前，傈僳族婚嫁时的嫁妆十分简朴，往往只有一件长衫、一方长头帕和一床被褥。而现在，生活方式发生了很大的变化，嫁妆也丰富多了。除了传统的嫁妆外，还增添不少新潮的物件，有新房的装饰品、沙发、组合家具什么的。

敬神祈祷过后，要请男方迎亲的客人吃饭。这期间，扎姆朵儿的伴娘、嘎玛（傈僳族的山歌手）要和娃拿扒（傈僳族证婚人）、阿巴莫对山歌。嘎玛唱的是《婚姻调》：

父母养育女儿啊多艰辛，

新娘啊年幼无知不善理家哟，

拜托男方家哟多体谅；

娃拿扒以歌作答：

女方家的人请放心，

别舍不得新娘离家，

女儿虽然离开了娘家，

但心里还是想念着父母……

山歌你诉我答，歌声婉转而真挚，那些简单又动人的词句回荡在耳边，让人听来仿佛有巧力轻触心尖，不是新娘本人也会无端生出落泪的冲动。

唱完了歌，娃拿扒催促再三，扎姆朵儿才依依不舍地叩拜了父母，在葫芦笙手的领亲曲中缓缓启程。扎姆朵儿在舅母的陪同下走出堂屋门，葫芦笙手和送亲的姐妹又返回堂屋手牵手跳起领亲舞。

按民俗，送亲的时候，不论是山高坡陡，还是道险路远，新娘都必须和送亲的人一起走路。女走前，男走后。长长的送亲队伍行进在山野中，新娘、伴娘以及其他女孩子们都身着色彩斑斓的傈僳族服饰，与四周的青山绿野相衬，煞是好看。

韩道是第一次走在这样的队伍里，他心里很激动，也完全被这民族的喜庆气氛浸染，还有一种说不出的感伤，似乎毫无来由，又似乎触景而动情。

他禁不住边走边想，褚遥要是能在的话，她会不会也身着傈僳姑娘的衣装来给扎姆朵儿当伴娘？如果是那样，她一定会是这个队伍里最靓丽的一道风景吧……

待到新郎家派人前来接亲，韩道所在的送亲队已经走了一个多小时的山路。不过，大家是一路歌一路笑，毫不疲惫。

迎亲与娶亲的阵营见面之后，便有人抓起羊粪粒撒向新娘，意在驱赶野外带来的饿鬼和病魔。然后才一齐汇入大队人马来到新郎家。

当新娘顶着红铺盖进门的时候，新郎家的喜宴早已开席了，也都是先来先吃后来后吃的规矩。

在席间，韩道饶有兴致地问起傈僳族婚俗的由来，旁边有老者跟他解释：傈僳族原本是狩猎民族，上山打猎，无论谁打到猎物，都把肉平分摆在地上的树叶上，男女老少共享，这种习俗沿下来就变成如今的草地婚宴。在新娘家，老乡们用四条柴块摆成饭桌大小的方框，并在框内铺上松树的松针叶，放上碗筷酒菜，客人以柴块作凳吃酒席就是如此风俗的延续。新郎家的酒席要摆可坐十至二十人的两个大桌，是专门为送亲的长辈而设的。长辈要分男女，不能混坐。酒菜上齐后，新郎的父母要拿一瓶好酒，端一碗肥肉，一桌一桌敬酒致意。所以，一般情况下，傈僳族的婚宴都要吃到天黑才结束。

果不其然。当屋外酒宴热火朝天时，新房里也摆好了酒席，扎姆朵儿的舅舅、舅母和葫芦笙手由接亲的人陪着吃饭。待他们吃完酒席，请拜喝酒的仪式就要正式开场了。

临傍晚，所有人都来到新郎家的正堂行“请拜”礼——新郎新娘拜堂。

堂屋里松明闪亮，挤满了看热闹的大人和小孩。请拜的人只要往簸箕里丢拜钱，不论多少，扎姆朵儿和新郎都要鞠躬答谢。这时，敬酒人便急忙从里簸箕端两碗酒左右交叉递给客人，客人接过碗，先将右手碗里的酒倒进左手的碗中，再把空碗还给敬酒人，然后，客人端着酒退出堂屋与他人慢慢品尝。

按照男方亲属先，女方亲属后的顺序，所有的来宾都会送礼金并接受新人的叩拜答谢。一场“请拜”礼下来，天已经擦黑了。

不过，这还没有结束。

请拜礼过后，扎姆朵儿和她的新郎还要一起跪在草席上，由德高望重的阿巴莫端酒祈讨吉利的封赠语，事毕，新人饮酒。然后，两位娃拿扒各端一碗切碎的熟羊肝分发给在场的人，其中一位能说会道的娃拿扒从神龛上取下事先供奉的羊头羊脚上下摇摆，口中振振有词地向家神敬酒两次，告诉家神要为新人另取新名。

起好的新名必须经在场人的同意方能生效，所以取新名时反复了多次，娃拿扒有趣的言语不时引起堂屋内外哄堂大笑。整个过程，充满原始而自然的野趣，传统又淳朴的温馨。

韩逍挤在人群里，不由得被这种民俗的氛围深深撼动。他暗自思忖，这种对傈僳祖先告祭的敬重，对组建家庭的郑重，包括乡亲们直白的欢乐和坦诚的笑容，仿佛都让现代都市的虚妄腐蚀过的我们恍然如梦，慨然万千。

就是眼前这再简单、素朴不过，却又难以磨灭的乡俗文化所牵系的信仰与追求，似城市人们常念叨的那些令人感怀的“梦中奢求”，已离我们太过遥远。

此时此地，这群并不富裕的人正在尽情享受着这种发自内心的欢乐。

山里的夜，悄至门前，并在这一堂热闹和欢乐里挤了进来。

屋里的灯都打亮了，门外也燃起熊熊篝火，伴着悠扬的葫芦笙，男男女女手拉手跳起了欢快的“打跳”舞，以此驱赶秋夜的寒冷，延续难得的喜庆。

这种以脚法灵活多变见长的蹢脚舞是傈僳人的挚爱。他们边唱边跳，欢快的叫声和喧闹，伴着暖暖的篝火，使高山的夜不再显得冷清。正是这样的舞蹈，让他们通宵“打跳”，并传递给每个人快乐和幸福。

韩道一个人默不作声地隐在篝火的暖光之外，手里端着酒，脸上浮起笑，脑海里疯狂地想念起一个人，像溪流想海，像秧苗想雨，像风铃想风……

这一夜，作为新娘的扎姆朵儿已经不再是以前那个率真热辣的少女，她长大了，也要撑起一个新的未来，也要开始与她的新郎信守一份感情的承诺，也要像其他傈僳族女人那样勤劳地扛起一个家庭的担子。

韩道不知道，未来的路对于扎姆朵儿来说，是否还能像原来那样，无论何时何地，都依然会阳光灿烂呢？

夜深了，火还在烧，舞依然在跳，人们还在继续欢闹。

不知道是谁的提议，要让能歌善舞的新娘唱首歌。早就按捺不住的扎姆朵儿这下终于逮到机会，答应得甭提多爽快了。听着别人唱了一天，她总算也能亮开嗓子，展示一下实力了。

四下消声，扎姆朵儿站在篝火旁，扬声歌唱：

我心爱的傈僳小阿哥，
你的魅力让我太感动，
隔山隔水隔了心，
你的美丽忘不到，
让我伤心到流泪。
见到你都不敢说话，
你的魅力让我太感动，

盼望你早日回过来，

让我永远爱上你，

真心真意过一生。

哦噢阿哥哦……

我们两个在一起，

忧忧伤伤都没有，

我们的爱情天长地久。

哦哦阿哥哦……

好听！好听！！大家都一个劲儿地鼓掌，高声叫好。这歌声把韩道从意乱情迷中拉了回来，坐在当地一边自斟自饮，一边缩小分贝附和道。

不愧是傈僳寨子的山歌女王，扎姆朵儿的歌声就是好听，而且每一句都满含深情，直唱得人心神荡漾，情难自已。尤其此刻已喝到半醉的韩道，被歌声挑唆，更是难掩情怀。他很感动，又很心疼。此情绝无他寄，只好连连酒入柔肠。

韩道这样子被有心的扎姆朵儿看在眼里，顾不得太多便走上前去，一把夺过他刚倒满的一碗酒，仰头一饮而尽。“韩哥哥，你不要一个人喝，我陪你！”

“啊？”韩道抬起头，神态迷离地看了扎姆朵儿一眼，思绪尚且留有半分清醒。他顿了顿神，反应了一会才说：“扎姆，我没醉！呵呵，今天高兴，你知道吧，我为你高兴，你看你今天多幸福啊！”

“韩哥哥，我不是不让你喝，你要醉，我陪你醉好了！我知道，你为什么这样，只有我明白，所以我要陪你喝！”扎姆朵儿的率真劲仿佛一下子又回来了。这么多日子以来，韩哥哥嘴上不说，其实心里一直都在默默想念褚姐姐，更何况，到现在也没有得到她一点消息。

扎姆朵儿恨自己帮不上他的忙，后悔当初没有劝阻褚遥不要离开。

就在他们两人相互争执，来回夺着酒坛子时，扎姆朵儿的新郎阿谷微笑着走了过来。他是位浓眉大眼，十分英俊的傈僳小伙子，身材瘦小却健壮。跟扎姆朵儿一样，肤色偏黑，表情里带有掩藏不住的幸福。

“韩大哥，来，我敬你一杯酒！感谢你能来我们这里，感谢你能让扎姆朵儿继续到学校去教课。”阿谷与韩逍未曾谋面，却有一见如故的热络。

“好，我干了！”韩逍当即给“妹夫”来了个下马威。

扎姆朵儿见他过来，便松了一口气，转头跟新郎说：“韩哥哥今晚高兴，他是我们的贵客，所以你一定要陪他多喝几杯！不过，他可以醉，你不可以哦！”

“嗯！”新郎会意地点了点头，便紧挨着韩逍身边坐下来。扎姆朵儿为他们两个斟满酒，又说：“韩哥哥，刚才那首歌是阿谷为我写的，我再给你唱一遍，祝愿心想事成好运成双……”

载歌载舞中，韩逍又彻底醉倒了，如同他和褚遥、扎姆朵儿第一次喝同心酒那天一样。

终于，他可以暂时忘却心头的隐痛；终于，他再次带着痴痴的笑，被人抬走；终于，他能整夜肆无忌惮地呼唤褚遥的名字，却毫不自知。

听新郎阿谷说，他与扎姆朵儿认识是好多年前的事了，那时候他们还都在上中学，扎姆朵儿是附近几个傈僳寨子数得上的漂亮女孩，有很多男孩子倾慕。阿谷一直觉得自己没有什么地方可以吸引扎姆朵儿，所以也只是心中暗恋。

从中学毕业后，他们见面的机会很少，只有每年的澡塘会、赛歌大会之类的聚会活动才能见上面。阿谷总是很珍惜这样的机会，每次都会花工夫给扎姆朵儿以及她身边的姐妹带来礼物。他为了让扎姆朵儿高兴经常会跑很远的路，到外面买来新奇的东西回来送给她。

好些年来，两人一直都以好同学的名义在交往。扎姆朵儿甚至还给阿谷介绍过她同寨子的姑娘，可阿谷没说什么，只以沉默拒绝了。

从那以后，阿谷便外出打工了。因为他的歌唱得好，便有机会参加一些民族文化的演出，后来，他与另外两个同族的兄弟组成了一个三人合唱乐队，跟着演出团走南闯北地去了好多城市巡演，只逢年过节才回来一趟。

两三年过去了，他仍旧不忘寄些小礼物送给她，都是他从城市的橱窗里精心挑选的。可他只是寄，却什么也没说。所以，扎姆朵儿一直没能通过那些礼物探知阿谷内心愈发炙热的感情。

扎姆朵儿把阿谷当作知心的好朋友，所以什么都跟他讲。就连韩道来到她们家，她又如何喜欢韩道的事，她都跟阿谷仔细讲过。

阿谷听了她的心事，内心更是万分悲伤。可他又有什么办法？他身在外，难掩相思之苦，便为扎姆朵儿写了一首歌——也就是扎姆朵儿婚礼上唱的那首情歌，只不过，她唱的时候把歌词里的阿妹改成了阿哥。

正是因为那首歌，扎姆朵儿才终于明白了阿谷的心意。

不过，等阿谷鼓起勇气唱给扎姆朵儿听的时候，他已经与乐队另外两位歌手在舞台上唱过很多遍。

几个月前，阿谷告别演出团回家探亲，正巧碰上扎姆朵儿到贡山县城玩。

两人这次见面，都各怀心事。

扎姆朵儿忍不住跟阿谷讲了很多褚遥和韩逍的事。她跟阿谷说，以后也要像褚遥姐姐一样，做个好老师，还说韩逍已经离开了雾里村，她感觉心里很难过，为姐姐难过，也为自己。

阿谷听了这些话，心情激荡难平。他再也没忍住，把积存多年的感情脱口而出。他说，其实他一直深深爱慕扎姆朵儿，但又觉得配不上她。无论怎样，他都不希望她不快乐。他又告诉她，在外面闯荡这些年的苦恼，如何思念她，如何为她写歌，如何独自唱歌，又不敢开口告诉她。

这一次，他鼓足了勇气，在扎姆朵儿面前大胆地唱出了写给她的情歌。

扎姆朵儿感动得哭了。

阿谷问她，愿不愿意让他为她唱一辈子的歌？扎姆朵儿脸上挂着泪花，微笑着点了点头。

（爱，是两个灵魂的相互靠近，生死相依）

Charpter 20

谢谢你，塞巴斯蒂安

无论肥沃抑或贫瘠，耕耘以同样的深情。如果你唤作成长，我的爱，就有了名字！

天空大雨滂沱。在地球上不同的两个地方。

当韩逍正在雾里村为修缮校舍费心劳神的时候，褚遥则在柬埔寨洞里萨湖上的船坞小学，想念一个人。

这里是位于柬埔寨和越南交壤的一块贫困水域，当地的渔民世代生活在船上，靠捕鱼为生。而愈见枯竭的渔业资源让本就条件极其艰苦的人们，生活犹如雪上加霜。

洞里萨湖是东南亚最大的淡水湖，旱季时平均深度仅为一米，面积有两千七百平方公里，但在雨季时水深可达九米，面积也会扩大六倍，甚至比中国最大的湖泊还大。正因为这里常年要接受雨旱两季水涨水落考验的原因，他们的房子都必须建在船上或半空中，离地三尺。吃在水上，住在水上，甚至猪圈、商店、幼儿园、学校等，一切都要建在水塘或沼泽上，是名副其实的水上家园。

褚遥自从两个月前在塞巴斯蒂安的帮助下，争取到机会跟随国际慈善公益组织，考察在世界贫困地区开展支教项目的运作情况，这已经是他们此次游历学习的最后一站。

虽然来柬埔寨的时间并不长，但褚遥还是可以真切感受到当地民众生活的艰苦现实。战争笼罩这个国家太久了，差不多在十几年前，柬埔寨血雨腥风的国内战乱，才真正停了下来。人们刚刚离开死亡的威胁，阴霾的面庞或期待的眼神仿佛四处可见。

之所以把此次考察学习的重点放在这里，就是因为塞巴斯蒂安所效力的公益组织，已经把这里作为亚洲最有代表性的贫困助学援教项目。另外，塞巴斯蒂安跟褚遥说，他带她来这里还有一个重要原因，那就是这里的地域与文化环境与褚遥所在的怒江地区有很多共同之处。

首先，两个地方都属于自然环境特殊，交通闭塞，经济落后的地区；再有都是多民族、多宗教聚居，生活习惯较原始，教育观念落后；更主要的还有，这里和褚遥的家乡一样，都面临普及基础教育的社会力量调动欠缺与公益项目可持续性不足的问题。

褚遥在几年的公益实践过程中，已经深深地意识到了这些问题的重要性。在这样的地方从事公益教育事业，仅凭少数人的一己之力，无异于杯水车薪。单靠文化普及的手段，就算做得再好，也根本无法解决当地学生的贫困现状，而要想真正地通过公益手段，使这种贫穷落后的局面得以彻底改观，绝对是一个庞大的系统工程，也必须不断地调动起全社会的关注，以及各种有效资源的合理利用才行。而这一切，首先需要更多像褚遥这样的志愿者们，而且他们也应具备对公益事业矢志不渝的热情，科学的宏观发展规划和管理手段才能承受住各种难以预料的挑战，才能完成艰巨的改善任务。

无疑，塞巴斯蒂安在这方面资历深厚，也经过诸多考验，他的能力和眼界都是褚遥的榜样。上次塞巴斯蒂安接受任务只身去贡山考察期间，褚遥就已经从他身上感受到了许多。

“谢谢你，塞巴斯蒂安！”告别船坞小学的两位支教老师和孩子们，坐着小船往回转的时候，褚遥扭头朝身边的塞巴斯蒂安轻声说。

这一声谢谢是在她心底一直氤氲的一团温暖与感动，不由自主地弥漫至唇齿之间，转化成两人之间三言两语表达不尽，却只能用最简单而真挚的几个字传达的感激之情。

“又来？我早说过，你给我机会就是我最大的荣幸，我愿意为我的女神做任何事，更何况我只是陪你一起工作……”同样的感谢，塞巴斯蒂安已经听过不止一遍，脸上不禁掠过一丝苦涩的表情。这次能带褚遥出来，又一起携手做了那么多难忘的事，游历了好几个国家，留下了许多美好的记忆，也算是他很久以来的心愿。可是，途中褚遥不知道已经说过多少次同类的话，每次他都不知道该欣然接受，还是干脆挡回去，趁机说出自己内心的想法：他希望褚遥能把他当作可以并肩携手的人，可以一生都信赖的那个人，所以根本不用说谢谢。

可还没等塞巴斯蒂安讲完，褚遥就微笑着伸手制止了他，“OK！我知道，是你又来好吧？”

其实，他心里还有更大段而澎湃的表达：只要你愿意，我希望能一直都陪你，去任何地方，做任何事。我们一起游遍全世界，一起完成梦想，一起度过剩下的时光……

褚遥是一个内心坚定又冰雪聪明的姑娘，她怎可能不了解塞巴斯蒂安的心思？从上次的知子罗之行，褚遥就捕捉到了热切的爱慕；而这一次国际考察之旅，塞巴斯蒂安对她一路上的细心照顾，已经远远胜过以往的友情。也有意无意地跟褚遥提过，他想在活动结束后带她一同回欧洲的想法，但褚遥都半开玩笑似的搪塞了过去。

然而，正是褚遥身上这种执着于梦想，心系家乡公益事业的善良与坚韧愈发让塞巴斯蒂安深深为之打动。

塞巴斯蒂安自小就出生在条件优越的家庭，无论怎样都可以过着衣食无忧的生活。他有着德国人固有的做事严谨与忠于承诺的特质，而且从大学开始就非常热衷于公益，他喜欢中国，而且也对中国多民族地区的文化具有非常浓厚的兴趣。

他曾多次来华工作，上次到访便对贡山地区的生态环境、自然环境、人文环境考察情况做了详实的汇报，并主动向他所参与的公益组织重点提到当地的基础教育匮乏，急需援助。

他的报告中详实地描述了像褚遥这样，在当地默默无闻、以个人的力量无私奉献的民间志愿者，她们为帮助贫困地区的孩子们接受教育，经常面临的各种困难。塞巴斯蒂安的考察报告在组织内获得了很高的评价，负责人委托他向褚遥提出邀请，请她到国外来进行考察学习，并通过更进一步地了解当地情况来帮助那里的孩子们。

塞巴斯蒂安把这个好消息通知给褚遥的时候，她正沉浸于韩逍离去的痛苦中。大约过了近两周时间，褚遥才在贡山县城意外看到了这封极其重要的邮件。当时，她什么都没多想就接受邀请，便委托塞巴斯蒂安帮忙，以最快的速度办理好手续出了国。

由于行程安排得非常紧急，褚遥走之前根本也来不及跟扎姆朵儿和其他人详细解释出去这一趟的缘由，以及回来的时间等等。

来到塞巴斯蒂安工作的国际公益组织总部后，褚遥真的是大大地开阔了眼界，她看到了很多像塞巴斯蒂安一样，来自于各个国家并把青春都奉献于公益事业的人。

他们的专业精神以及组织结构的细密都令褚遥赞叹不已。似乎每个人身上都有释放不完的能量，也都有非常了得的专业技能，褚遥到了这里真有一种鱼入大海的感觉，她争分夺秒、夜以继日、如饥似渴地请教、学习，抓住一切机会提高自己，并在塞巴斯蒂安的帮助下对丙中洛的公益教育现状进行分析解构，希望找到更好的办法去实现多年来的夙愿。

单凭这些收获，褚遥从内心十二分感激带给她这次机会的塞巴斯蒂安。可谈及感情，褚遥真的不知道自己该如何面对他。

韩逍走后，她也曾无数次地劝过自己，不要再抱着什么荒唐的幻想，也许只是现实给她开了个玩笑，一切都过去了，接下来的路，她还是要一个人默默地走。而塞巴斯蒂安的世界比她想象的更大、更宽阔，她觉得自己跟不上他的步伐。

所以，褚遥暗自认定，塞巴斯蒂安的这份情，她除了感谢无以报答，只能选择回避。而且，在外面的这些日子里，她每每看到身处另一个国度的孩子们，那一张张生动的脸庞，他们渴望的眼神，她们懵懂的微笑，她都会无法克制地想起雾里村的孩子们，以及丙中洛很多村寨里仍然没有条件上学的孩子们。她深知，自己不可能就这样一直留在国外，必须回到需要她努力的地方。

这次考察活动的最后一站，塞巴斯蒂安带褚遥参加了国际公益组织的年度大会。

由于表现优异，塞巴斯蒂安和他所负责的团队受到大会的特别嘉奖。主持人隆重地宣布了这个消息并邀请塞巴斯蒂安上台演讲。

台下的同事们激动地鼓掌庆贺。塞巴斯蒂安深情地看了看坐在一旁的褚遥，才十分坚定地走上演讲台："亲爱的朋友们！我非常荣幸能作为你们当中的一员，今天站在这里来接受对我们团队以往工作的认可！但我想，这个奖项对于我个人来说，显然是来得晚了些。所以，从某种意义上来讲，也许那对我来说也是一种批评……"

讲话中突如其来的转折惊得台下一片哗然，不过，其中真意很快便被塞巴斯蒂安淡定、自信的目光诠释了。在短暂的停顿过后，他继续道："是的，今天在座的各位，有很多是我以往合作过的伙伴和同事。在这个领域，我已经效力了十三年，服务过九十个国家和地区，而我们这些站在全世界公益事业前端的人，都希望能有机会来分享一年来各自对慈善、公益事业所做过的种种。从大学时刚刚加入这个事业开始，我就一直期盼能收获这样一份肯定，就像现在站在领奖台上，所以，我曾经准备过一百多篇获奖感言，但很遗憾，它们显然一次都没派上用场……"台下又响起一阵哄笑。

"可今天，当我真的站到这里开始高谈阔论的时候，内心却感到无比羞愧。我想给大家讲一段我最近的亲身经历：在遥远的东方，美丽的中国，有这样一位善良的女孩，她大学毕业之后便离开了人人努力想留下的城市，来到云南偏远的少数民族山区，一个人默默支教奉献了好多年。

她在没有任何外部资源和社会机构支持的条件下，克服了种种常人难以想象的困难，辗转数十个村寨开展义务教育，把傈僳族、怒族、独龙族的近百名儿童从学龄前一直送到了中学。我刚刚到过她现在工作的村寨，那里没有商业、没有校舍、没有网络、甚至缺水少电。为了资助贫困的学生，她不仅花光了自己所有的积蓄，就连父亲去世后留给她的遗产和嫁妆，也基本都用在了孩子们的读书上！我曾经问过她，是凭借什么样的力量来做成这一切的？她的回答是：她只想尽一切努力做一件事，让这里的孩子们不因为贫困而失去学习的权力！”

台下响起阵阵掌声与赞叹。

“我们常说‘赠人玫瑰，手有余香’，这次，我的团队能够在这个项目上获得赞誉，完全得益于她的鼎力加盟。正是由于她的坚韧与执着，从容和善良，深刻地影响着我们中的每一名成员，是她的勤奋和无私让我们懂得，从事这样一份事业，要依靠的是什么样的精神与使命感。请允许我为大家介绍来自中国云南的志愿者褚老师——让我们一起为那些默默无闻的同行致敬！”

伴随雷鸣般的掌声，全场起立。敬佩的目光同时投向被同事们簇拥着的褚遥，毫无准备的她脸颊瞬间因紧张而浮起一片绯红。她站起身来，频频颔首致谢，主持人连同所有的观众一再邀请褚遥讲上两句。

“与大家对全球公益事业所做的贡献而言，我的表现还非常稚嫩，所以请不要惊讶我的所谓付出，而且在我的祖国，善意和关爱是已经有了几千年的文化传统。因为在生命中承受了太多的关爱，所以就会情不自禁用善意去回馈周围的人。我曾经为自己的工作，做过一小段总结，与大家分享：无论肥沃抑或贫瘠，耕耘以同样的深情。如果你唤作成熟，我的爱，就有了名字！”

当晚。

塞巴斯蒂安邀请褚遥到他们常去的一间小酒吧。一瓶红酒开启，塞巴斯蒂安为彼此斟上酒，举起酒杯深情地望着褚遥说：“褚遥，今晚我有话必须要跟你说……”话到一半，他生怕褚遥再次出言阻拦，干脆提前打起预防针，“无论如何，请你先听我讲，好吗？这是最后一次！”

褚遥见他十分坚决又严肃的表情，实在也没办法再无情地破坏气氛。于是，她轻轻点了点头，认真地望着深蓝的眼睛。

见褚遥慈悲地放行，塞巴斯蒂安这才定了定神说：“女神，你真的这么快就回去了吗？”

“嗯。”

“别走，留下来！或者，我陪你走，可以吗？”动情的话终于说了出来，塞巴斯蒂安几乎要被这种难舍的情愫逼疯了。

“对不起。”褚遥冷静地停顿了半晌，才低声吐出了这个单词。

“为什么？我爱你，褚遥！你应该明白，我愿意和你一起去做任何事！你就是我的梦想，褚遥，你难道不相信我么？”塞巴斯蒂安克制着心被撕裂的痛，苦苦挣扎着，努力想要说服她。

说实话，如此真挚的表白，谁听了能不动容呢？虽然褚遥早有预感，塞巴斯蒂安迟早会说出让她无法面对的话，可这一刻真真切切地听到时，仍然感觉字字句句都像重重打在心头的铁拳。

褚遥何尝不知道，塞巴斯蒂安是个多么优秀的男人！在她内心也曾无数次地问过自己，她到底该不该接受这份无以回报的真情？

可自始至终她都找不到一个可以让彼此都安心的答案。褚遥无法欺骗自己，她确实喜欢、欣赏、甚至仰慕、敬佩对面的这个德国男人。他幽默、热情，处处都如金子一般闪耀，但她也清楚地知道，那还不是爱，她对他没有那种牵扯心扉的感觉。而提到爱，她眼前却总是浮现另一个人的影子，一个好像更不可能的影子——韩道。

“对不起，塞巴斯蒂安，我不能欺骗你，也不能欺骗自己……我想我们可以成为永远的好朋友。”褚遥鼓起勇气将这一番话说了出来，说完，迅速将目光移向了别处。眼泪顺着脸颊滑落下来，趁着酒吧里微暗的灯光，悄悄地打在地上。

“OK！褚遥，我明白了，无论你怎样选择，我都会衷心祝福你！是的，我们是好朋友，永远的！”

“塞巴斯蒂安，如果你那么喜欢中国的女孩，我想可以帮你找……”

“又来？”这次终于轮到塞巴斯蒂安微笑着伸出制止的手势，“来吧，我永远的女神兼好朋友，我敬你一杯！”

Charpter 21

雾里村来了“新老师”

在爱的国度里，谁都希望遇见那个人，没有早一步也没有晚一步。可是现实往往难遂人愿，如果刚巧遇到了，偏偏不是合适的时间，为什么不能停下脚步等等他呢？如果他的过去是你无法参加的，那么，至少他的未来你还可以好好把握。

秋深了。怒江又到了五彩斑斓的时节。

各种美翻的自然色彩汇集在一起，足以让人目染而心醉，就好似这个季节带给我们的意义，近乎圆满。

丙中洛坝子里金黄色的水稻玉米、怒江岸上白茫茫的晨雾；花草的浓烈纷繁，树木的层叠苍翠，果实的丰盈润泽，天蓝水绿的饱满醇厚，还有，雪山的纯净无瑕……能给所有高精尖的摄影装备带来自卑情绪，咬牙切齿地快闪连拍都难解恨。

想要只用一种颜色来形容云南的深秋真是件难事，更何况是这里的梦幻之境丙中洛。那些森林、那些湖泊、那些雪山、那些草甸，都因为有了色彩的衬托而变得让人身心慌张，美得难以言表。

群山已经被秋色染红，浓浓的秋意铺天盖地袭来。行车于崇山峻岭之间，远观层层红叶如飞霞漫天，近赏红叶片片如玛瑙剔透玲珑。

早上九点，笼罩着江面的晨雾刚刚散去。韩逍已启程赶往县城，今天他要做一件很重要的事。

雾里村小学恢复上课已经有一段时间。韩逍每周都会到县城跑一趟，一方面是去当地负责公益教育的部门办些杂务，另一方面便是实施他的公益支教推广计划。由于雾里村上网不方便，所以他必须到县城才能把更新的信息上传到网上。

他的这个小计划目前也只是初见成效。起初，只是在网上建了一个丙中洛支教的微博账号，每周都会发布一些他日常拍摄下来的授课场景，文字描述这里的课程情况、教学所需，每个孩子的详细情况等等信息。

一个月以来，这个微博已经开始逐渐被网络中的爱心人士看到，转发量几乎每次都翻翻增长。他欣喜地发现，已经有人开始征询到这里从事支教工作所需要的条件。乐观地估计，雾里村小学很快就能迎来新的支教老师了。尽管只是短期的教学体验，但他们准备了包括声光电在内的一系列丰富的课件，足够让大山里的孩子们眼界大开。

扎姆朵儿已经把全部正科包揽下来，而且课也越上越熟练，加上她天生阳光又机灵活泼，上课时总能有办法给孩子们增添许多乐趣。除了给孩子们上户外课和生物自然之类的课程，韩逍几乎把精力都投在新校舍的筹建上。说来也怪，以往在都市里为业绩奔波为加薪奔忙，压力山大时总难免辗转失眠气色萎靡。而在雾里村，工作强度比以往大许多，但看起来却是生龙活虎精神百倍。

日子，好似就在这样的希冀中继续过下去了。

“韩老师，您又来啦？”经常来的这家小网吧的老板见韩道进门，连忙笑脸招呼。

“不要可乐，不要茶点，不要任何免费赠送！！”韩道笑着叮嘱对方，便赶紧找了个位子，连上了自己的笔记本电脑。必要的上传工作和邮件回复完成后，他开始浏览其他公益类的网站。

忽然，一组涉外的公益活动照片扎疼了他的双眼！

褚遥？

没错！千真万确是她！！

熟悉的衣着，熟悉的笑容，还有那双熟悉的双眸。韩道一张一张地仔细看过这些照片，浑身的血液仿佛一下子偾张、狂乱，不知所措地同时往上涌。可霎时，又被迅速凝结！他的世界仿佛一下子，从希望一步迈入绝望——最后一张合影，搂着褚遥的不正是塞巴斯蒂安吗？画面中，两个人神情默契而灿烂，显然……

这一刻，韩道的感觉，就像是挨了邹市明的一记左勾拳，整个世界都懵了。他使劲克制自己，强压内心的狂澜。狠狠地合上笔记本，付了网费，没说话便闷头走了出去。

看情形，褚遥果然找到了更顺畅的路径，去实现她的理想，而那个最适合陪伴她完成这一目标的人，不就是塞巴斯蒂安么？看她晓得如此开心，估计是不会回来了？何况，这么久了，她从来没有联系过谁，连扎姆朵儿的婚礼都没顾上……不会的，不会的，她舍不得丙中洛的孩子们……

回走的路上，韩道禁不住胡思乱想，越想越觉得心乱如麻。他恨不得立马再返回去，上网查询那个活动报道的由来，通过发布信息的人辗转去寻找褚遥。可是，他又恨自己竟然还有这种想法。事到如今，他再去毫无来由地找她，是不是太不知趣？找到了又如何？不过是给她平添些烦恼罢了！

那天傍晚的时候，韩道拖着灌满了铅的双腿，失魂落魄地回到了雾里村。

孩子们放学了，只有扎姆朵儿还在。

她本来想等他回来了，交代一声就去村里的姐妹家吃晚饭。可见他一副冰冷又烦躁的样子，不免有些担心。

扎姆朵儿见问他什么也不说，只是哼啊哈地敷衍，便不再问了。闷头帮他准备了晚饭，然后悄没声地离开了教师宿舍。

一周后。

扎姆朵儿终于弄明白韩道为什么会跟丢了魂一样，干什么事都无精打采了。她无意间发现了韩道的电脑里有一些褚遥的照片，看上去是新近拍的，她也很好奇便仔细看了一遍，结果发现很多张照片里褚遥的身边都有一个很帅气的外国男人在一起。她一下子回过味来，原来韩道是因为这些照片才搞得如此低落。

“韩哥哥，是不是姐姐跟你联系过了？我看到她发给你的照片了，她现在怎么样？都去了哪里？什么时候才能回来啊？”扎姆朵儿心里哪藏得住事情，马上就呼啸着去外面找韩道询问，全然不管韩道尴尬的表情。

“我也不知道，她在哪儿，几时回……”

“怎么会呢，姐姐都给你发照片了！你有没有告诉她，我都想死她了？”扎姆朵儿将信将疑，还是不死心地又追问了一遍。

“我没骗你，照片是网站上的！至于你的问题，我……无可奉告！”韩道越说越觉得心里不是个滋味，他无从去回避扎姆朵儿的这份热情，可又实在难过。于是，干脆走开了。

一个人不知所以地朝无人的地方躲去。

那些图片，的确是他上周看到后一下子心理失衡的照片，可他回来后夜夜辗转，无法释怀。最终还是又跑了一趟县城，一张一张地把那些照片都拷贝了下来。他舍不得那些照片，因为里面有他日思夜想的那一张明媚的脸庞；可他又不甘心，因为他不相信褚遥最终留给他的，就只是这些让人隐隐作痛又无处排解的图像。

那天，他一个人默默地坐在怒江缓流的岸边，无声无息地望着眼前的景色。直到夜色将山水间的绮丽遮盖，繁星如雨。韩道抬头仰望浩瀚的星空，明亮的星斗仿佛伸手可及，可它们却都寂静无语。

此时，潜藏于韩道内心的思念之情被寒意渐浓的秋风细数，一层一层剥离。趁着夜幕的隐蔽，把最深处的眷恋倾露无遗。

树叶和流水不知何时开始窸窣有声，仿佛有人在低诉——褚遥，回来吧！无论你走得多远，无论你离开多久，我都会等你……

寒假转眼就在各种忙乱中过去了。这个春节韩道哪儿也没去，就连年夜饭也是被老村长强拉过去吃的。

当春天带着万物生长的豪情，早早地赶到山村的时候，一场百年难遇的大雪却不由分说地覆盖了全国好多个省市。还好，新的学期没有被意外的倒春寒干扰，雾里村小学还将迎来两位短期支教的志愿者。他们打算在这里度过几个月的支教生活，帮助韩逍完成这个学期的教学任务。

原本一起报名的不止两人，但几经辗转，最终也剩下他们才能如期抵达了。即便这样，韩逍也是兴奋不已，安排乡亲们弄上几个小菜，他自己早早来到栈道迎接。

远远地，他看到一个单薄的身影向自己走来，心中还暗生遗憾，瞧吧，瞧吧，这人又少了一个。可随即他又睁大了眼睛，进而连嘴巴也合不拢了——那，那不就是褚遥吗？

没错，褚遥回来了！

在塞巴斯蒂安真挚热烈的情感和自己使命般的梦想之间，褚遥还是选择了后者。她心中那一片希望之海，从来没有停止爱与梦的惊涛骇浪。

跟随塞巴斯蒂安参加那些公益交流活动，她的确长了很多见识，心里的目标也比以往更加明确了。在其他公益队友的帮助下，她顺利申请到了为改善整个怒江地区的小学教育条件而设立的一个国际援助项目，虽然初期募得的公益善款并不多，但这种由衷的关注与支持足以让人欣慰。在国外的时候，她梦里萦绕的都是丙中洛的山水，雾里村的校舍，孩子们的热切笑脸，以及那个习惯性不辞而别的爱人。

令她万万没想到的是，当她穿过古栈道，来到雾里村，第一眼望到的人，竟就是韩逍！过往的不堪与误会，统统在这一刻灰飞烟灭。

韩逍怔怔地站在原地，许久还不太相信自己的眼睛。终于，脸上不知何时浮起的无以形容的欣喜把他拽回了现实，他两步并作一步冲了过去，一把将褚遥抱在怀里，生怕还会飞走了一样。

褚遥也跟他一样，满脸欣喜，双泪纵横。半晌过后，她腾出一只手，轻轻放在韩道的唇边，无声地告诉他，什么都不用讲……在爱的国度里，谁都希望没有早一步也没有晚一步地遇见那个人，可是现实往往难遂人愿，如果刚巧遇到了，偏偏不是合适的时间，为什么不能停下脚步等等他呢？如果他的过去是你无法参加的，那么，至少他的未来你还可以好好把握。

“呀！那不是褚老师么？”教室里有个溜号的孩子透过窗户看到了归来的两个人，顾不得是上课时间，惊声尖叫起来。

这一下，把别的孩子们也招得都扒到窗前去观看。有两个男生干脆不管不顾地跑出了教室，其他人也随着一齐涌了出去。

“褚老师，褚老师！你怎么才回来啊？”

“韩老师，褚老师，你们怎么哭啦？”

“褚老师，我好想你！还以为你不管我们了呢！”

“褚老师……”

孩子们都围过来，你一言我一语，让褚遥都不知道该回答谁，匆忙抹去脸上的眼泪，蹲下身来，一个一个地抚摸着身边这些的孩子的头，连连点头笑着，无以言说，心底涌起万分的感动。

宿舍里的扎姆朵儿闻声也兴冲冲地跑了过来，“姐！褚遥姐！你可回来啦！太好了！”

没一会儿，校舍周围被这一群大人孩子们欢笑的嬉闹声填满，几乎要挤爆了！

那晚，褚遥信心满满地把自己这次出行的收获和对未来的规划都讲给了韩道，韩道也把自己近来的一些推广计划和进展情况全部告诉了褚遥。

两人一拍即合，兴奋地谈了大半夜，谁也没有再提起过去的那些误解。他们都暗暗地庆幸，幸好还可以在一起，幸好彼此都没有放弃希望，能携手度过以后的幸福时光，就足够了。

Charpter 22

生命一如死神唇边的微笑

我放下过天地，却从未放下过你，我生命中的千山万水，任你一一告别。世间事，除了生死，哪一桩不是闲事。

“是真的吗？哇！太好啦！姐，这下好了，哈哈！恭喜你，姐！”

褚遥的话刚一出口，扎姆朵儿便咋呼起来，还没等她讲完便一把拉起褚遥的手，连蹦带跳地嚷嚷个不停。

“哎呀！你小点声，小点声，那边上课呐！”褚遥赶忙用手硬捂在扎姆朵儿的嘴上，阻拦她完全失控的高呼。

“嘿嘿，知道了，我小声点，嘿……姐，我太高兴了！你和韩哥能在一起，真是太好了！”扎姆朵儿脸上洋溢着灿烂无比的笑，仿佛她比当事人还要幸福似的。

褚遥被扎姆朵儿感染，这会儿也忍不住将藏在心底的快乐绽放开来。自从前一天，韩逍拜托老村长的媳妇为褚遥赶制他们怒族嫁衣的事，被老村长不小心说漏了嘴，褚遥便一直幸福难抑，整个人像抱着一团秘密的火焰，一刻也不能停止内心被烧灼的激动。

她和韩逍彼此还没有公开关系，可一切都已经顺理成章了。褚遥回来后，两个人重新回到了原来甜蜜的日子。虽然他们要做的事更多了，还时常去县城或者其他村寨为下一步的计划奔忙，可两人的心似乎一刻都不曾离开。

春暖花开的日子来了。雾里村小学又增加了几个新学生，那两位新来的大学生志愿者也十分尽心尽力，孩子们在他们的带领下还学到了很多日常课程以外的东西。

通过韩逍的努力，这里的支教情况也被更多爱心人士知晓，开始断断续续有全国各地的人寄来了善款和各类学习用品。

另外，再过一段时间，褚遥和韩逍辛苦奔忙换来的第一个成果就要实现了。他们要在距离丙中洛较近的秋那桶村也开设一所公益小学，把原来因为条件限制而失学的几十名孩童都招收进来。下一批新招募的支教志愿者随后就到，可以帮助褚遥一起给孩子们上课。

即使这些事已经让韩逍忙得团团转，可他仍然在自以为秘密地筹划着一件大事——要在新学校准备妥当之前向褚遥求婚！

六月，万物生长，丙中洛又变成生灵欢腾、花草繁茂的天堂。

褚遥心头惴惴期冀的幸福如期而至。

这一天傍晚，韩逍从外面赶回来，紧张兮兮地放下背包便拉着褚遥往外走。两人手牵手走到怒江边，韩逍示意褚遥坐下来。

“到底怎么了，新学校有状况？你别吓唬我啊！”见韩逍表情严肃，褚遥也随之不安起来。

韩逍拉起褚遥的手，目不转睛地望着她的脸，艰难开口道：“褚遥，虽然我很多事都不能为你做得更好，但我愿意一直陪着你，一直努力……过去我说过一些让你难过伤心的话，也做了一些让你失望的事，不过，你的未来我真的很想参与其中……褚遥，愿意接受此刻的我吗？”

此刻，褚遥的双眼已噙满泪水。平静的怒江水仿佛在心头变得暗潮汹涌，掀起狂澜。

韩逍从衣兜里掏出来一个刺绣精美的小袋子，从里面拿出来一枚精致的翡翠戒指，单膝跪地满脸虔诚："褚遥，嫁给我吧！从今往后你就是我的枕边人，梦里花，左手的情诗，右耳的叮咛，是我最简单的快乐，是我最甜蜜的负担……让我掌心的爱情线、事业线和生命线上都写满你的名字，好不好？”

在两行热泪的引导下，褚遥点了点头。随即又微笑着拉起韩逍："呆子，快给我戴上啊！”

韩逍轻轻地将戒指戴在褚遥的无名指上，两人紧紧拥抱在一起。

褚遥溶化了，就像一朵霜花，渐渐地溶进了这个男人的血液里。她亲切地流淌着，从江河流向高山，流入韩逍滚烫的心，使他的眼睛变得蔚蓝，脸颊变得红润，爱意绵绵地幻化成甜蜜的血液。他忘情地亲吻她，像一团火盘桓在广袤的草原。幸福的暖意，弥散至世界的尽头，又慢慢沉入水底。

为了给褚遥办一个风风光光的婚礼，老村长夫妇真就像自己嫁女儿一样里外张罗。

雾里村的人几乎家家户户都为这事开始积极准备。

褚遥的嫁衣已经做好了，是一套精美的怒族新娘服饰。之前老村长曾建议在村里建一所木楼，然后再把褚遥娶进来，但韩道直接就回绝了——有了这些板材，就不必为了学生们的桌椅发愁了。他们把新房直接安排在了新修缮过的教师宿舍，婚礼当天张贴下大红喜字就算礼数到位了。

不过，这几天韩道的手机可一直没消停。北京的亲友团闻讯之后，再度组团驱车前来道贺。

“韩道，一听你要结婚，我这身子骨立马就好了，腰不酸了，腿不疼了，一口气开五十公里没问题！”许远恢复得要比预想中好许多。

“大兄弟，这回我可又开房车来了！不单是我来了，瞧瞧，又给你带来2辆。你们搞公益啊，跟我玩房车一样，想走得快，不妨独自狂奔；但想走得远，就必须结伴共进。我早计划好了，等婚礼一结束，就把村上的孩子都拉出来兜一圈儿！没有观世界，哪儿来的世界观啊？”飞飞最近算是跟房车较上劲了，到哪儿都得开着。

“哥哥，这一车童书、绘本还有玩具都是今年最新最流行的！不是我充大款，既然你入股了，那必须有分红，出资就得咱俩一人一半！”顾磊每次捐款捐物都拿韩道“入股”当借口。

“你小子艳福不浅啊，跟祖国的边疆都能淘到漂亮美眉？”

“闹洞房，闹洞房！必须表演个猪八戒背媳妇！”

……

结婚的好日子是老村长亲自帮忙定的。再过三天就要到了。

这日，褚遥又去秋那桶村为新小学招生的事寻访失学的孩子。韩道本来要随行，褚遥没同意。

从午后开始，乌云渐渐涌起，看上去到晚上少不了一场大雨。迟迟不见褚遥回来，天色又越来越暗，韩道不免有些着急。尝试着给她打电话，一直因为信号差无法接通。韩道实在放心不下，便背起包去迎褚遥。刚刚穿过村外的栈道，雨点就骤然落下了。

栈道上狭窄的路已经有些湿滑，韩道小心翼翼地走了 40 多分钟才穿过去。在路口又等了半天，仍然没见到心上人归来，这下他彻底急躁起来，在执拗劲儿的驱使下，他又步行了近两个小时，终于在瓢泼大雨中赶到了秋那桶村。

前前后后跑了好几家，最后才从老乡嘴里得知，褚遥已经走了许久。根据时间推算，他们两个应该是在路上错过了。

“不可能啊！我来的路上根本就没看到几个人。再说回雾里村也只有这一条路，怎么可能碰上看不到呢？”韩道心急如焚，禁不住当着那一家人的面喊叫起来。刚说完便觉自己有些失态，便赶忙致歉离开了。

回去的路上，雨势愈发升级，如倾盆一般。韩道紧赶慢赶又赶到了栈道口，仍没有见到褚遥的踪影。韩道站在道口快急疯了，天色已经黑了，他要这个时候穿过栈道回去太危险，要不回去呢又不知道褚遥到底是不是已经回到了雾里村，或者，她因为天雨路滑，躲到了别的地方暂留一晚？

韩道前思后想，犹豫不定。他折了一根树枝，试着当拐杖往栈道上走了十几米，又退了回来。实在没办法回去了。来时雨点儿刚落，栈道上还能行走，可这会儿雨量惊人，天如墨色，一路泥泞湿滑，他只好又往秋那桶的方向返了回去。

韩道在秋那桶村的老乡家留宿一晚，整夜辗转反侧，一直担心褚遥到底去了哪儿。按照老乡说的时间反复推算了无数遍，怎么也没搞明白，褚遥怎么会没碰上他呢？她到底能去哪儿？韩道揣摩了好几种可能，却怎么也没有猜到一个冷冰冰的噩耗，即刻就要降临。

第二天，雨停了。韩道以最快的速度赶回了雾里村。

扎姆朵儿见他如此狼狈便惊讶道:“姐夫，你这是……怎么浑身都是泥？对了，昨晚你和褚遥姐去哪里了，我们好担心呢！”

“你姐，你姐还没回来？”韩道顾不上扎姆朵儿好奇的眼神，只顾着追问。

“没啊！你不是去接她了嘛？”

“我没接到，也不知道她去哪儿了！怎么到现在还没回来？”韩道几乎要愤怒了——她怎么能如此让他担心？

“哦，你别担心，我姐之前也常常好几天回不来的。这边的山路，一遇到大雨总被阻断。”

可是，接下来的两三天，他心里这份愤怒与担忧，被绝望和崩溃代替。

褚遥失踪了。他问遍所有能问的人，跑遍了所有她可能去的地方。一点她的踪迹都找不到。最后见到她的那个失学孩子的家人，始终肯定地跟韩道说，那天下午褚遥就离开了，说是回雾里村，没说去别的地方……

韩道报了警。整个丙中洛都陷入惶恐之中，男女老少几乎都自发地出来帮忙搜寻。

就在预定的结婚日，韩道得到了褚遥的消息。有人在雾里村下游，江水缓流的地方发现了她。

那天，就是在她去秋那桶村回来的时候，不小心从栈道上跌了下去，掉入了涛涛的怒江。

他们两人就在栈道的两端错过了，从那一刻起，生死两隔。

命运之绳仿佛系错了方向，一个高尚美丽的灵魂就这么被轻而易举地夺走，美满似乎还未开始就戛然而止，生命一如死神唇边的微笑。

韩逍怎么也不肯相信，这就是自己用尽所有努力换来的结局。曾经浮躁的心绪正被淡淡的幸福抚平，世事纷争在风和日丽的生活下如南柯一梦。还记得那晚褚遥问他："婚姻是什么？"

"一日一生，岁月静好。"他甚至觉得自己愈发充满了诗意。

我们热衷于探讨生命，包括生命的起源，生命的本质，生命的形式，生命的意义等等，但我们往往忽略了生命消逝所带来的伤痛。悲剧，果然是将最美好的东西毁灭给人看。

褚遥葬在了与雾里村相望的山坡上。

整整五天，韩逍都失魂落魄地坐在褚遥的坟旁发呆。夜夜都喝很多酒，直至醉倒。老村长去劝，他不言不语。扎姆朵儿看到他就忍不住流泪，所以学校另外两个志愿者老师都不让扎姆朵儿去找他，生怕韩逍见到她心里更难受，扎姆朵儿再也控制不住大哭起来。

都说眼泪是人内心的悲痛难以用言语去表达时，心灵酝酿出的代替物。可这些天，没人见到韩逍流过泪，也没人听到他哭声。只是见他一直那样可怕地沉默着。

上午，一个人爬到山坡上呆呆地坐着；太阳落山了，便一个人无声无息地回到宿舍。

老村长知道此刻劝说无用，便安排了孩子们轮流去山上探查，然后回来报告。

有孩子说，韩老师一整天都在摩挲墓碑；

有孩子说，韩老师拿着相册自言自语；

还有孩子说，韩老师好像是在哼着歌，还自己打着拍子，看上去挺吓人的……

第七天。班里最小的阿都妞和哥哥负责去看韩逍。

两个孩子走到距离韩逍不远处时，哥哥小心翼翼地拉住阿都妞，低声说，“嘘！我们别往前走了，就在这看着韩老师就行。”

“为什么？”阿都妞小声问。

“老村长说的，让我们不要打扰韩老师，就悄悄看着他没事就行了。”

“那好吧。”兄妹俩手拉手站在韩逍的身后，静静地等了好一阵子。见韩逍只是坐在那儿，低头不语，偶尔抬起头，头发被微风吹乱，整个人好像有种变成草长在那儿的决心。

“我们走吧，回去跟老村长说他没事……”哥哥轻轻说一声便拉着妹妹往山下走。

“哥，再等一会儿吧？”

哥哥没说话，只是拉着她往回走。妹妹跟着哥哥走了几步又回头看了看，然后停下来。她放开哥哥的手，走到一旁，从一片开得正盛的雏菊花中采了几支，转身朝韩逍走过去。

阿都妞慢慢地走到韩逍的身旁，试探性地望着他。韩逍扭过头看了看阿都妞，没有说话。相比韩逍自己来到雾里村，给孩子们分发礼物的那时候，阿都妞已经又长高了大半头，原来羞怯也褪去了半分，歌唱得更好了。

山风吹拂着阿都妞手里的雏菊，摇摇曳曳，白色的花瓣轻轻颤动着。

阿都妞犹豫了片刻，从一旁拽了拽韩逍的衣襟，慢慢地把花递到了他的面前，一直等着他默默地伸手接了过去。然后，才贴着他身旁坐下来。

韩逍用一只胳膊将娇小乖巧的阿都妞揽在臂弯里，让她可以亲昵地将小小的头斜靠在自己的腿上。

“韩老师，你在想褚老师吗？”

“……”

“我也想褚老师，我昨天晚上做梦还梦到她了……她在教我们唱歌……就是原来教过我们的那首好听的萤火虫的歌。”阿都妞像女儿一样依在韩逍怀里，用她稚嫩又动听的嗓音，自顾自低声唱起来：“萤火虫萤火虫慢慢飞，夏夜里夏夜里风轻吹……”

不知不觉，韩逍已经泪眼迷离。他克制住男人胸中最不该流露的抽泣和懦弱，低下头亲了亲阿都妞的头发。

眼泪打在她的头顶。

他颤抖着声音低声说，“谢谢你，阿都妞，很好听……我们，回去吧！”

返回学校时，扎姆朵儿正给孩子们上课，教室里传出孩子们熟悉的读书声。讲台上放着褚遥的讲义，扉页用娟秀的字体写着海明威的名言：生活总是让我们遍体鳞伤，但到后来，那些受伤的地方一定会变成我们最强壮的地方。

一年后。

一个最值得记住的日子。韩逍带领秋那桶村的十几名学生、扎姆朵儿和几位新来的支教老师带着雾里村的孩子们，来到褚遥的坟前祭拜。他们没有想到的是，同一天从贡山县的中学也来了几十名学生，他们都是褚遥以前教过的孩子，如今已经升入中学。

老村长和几个村民带着这些从其他村寨赶来的中学生，一起爬上了山坡。

时值春夏相接。漫山遍野都是五彩斑斓的野花。

分别从不同学校赶来的孩子们，身穿不同颜色的校服聚集在褚老师的坟前，敬礼、献花，默默悼念她们心中那个最敬爱和钦慕的人。

“褚遥，我来了，你能听到么？隔了许才来看你，你不怪我吧？咱们的第一步规划已经提前完成了，三个小学都有新老师，每个年纪都有新课本……还有，我每天都会想你……”韩逍站在一旁，面对褚遥被山花掩埋的坟，心里默念这些准备了许久的话。

不远处传来怒族汉子的歌声，余音缭绕山间，令人心颤不已——

有一个地方很美丽，那是神灵居住的地方；

有一位姑娘很迷人，她是来自天上，天上的神仙；

阿拉哟，阿拉哟……

贡山高，哟喂！

怒水长长，哟喂！

这就是丙中洛，哟喂！

阳光灿灿，哟喂；野花香香，哟喂！

这就是丙中洛，喂……

有一个地方很神秘，那是幽静祥和的天堂；

有一支歌谣很动听，那是来自天籁，天籁的歌唱；

阿拉哟，阿拉哟……

贡山高，哟喂！

怒水长长，哟喂！

这就是丙中洛，哟喂！

阳光灿烂，哟喂！野花香香，哟喂！

这就是丙中洛，喂……

那一晚，雾里村的夜色格外深邃。

十几个大点的孩子在新老师的指导下，用树叶和小蜡烛做了许多河灯。他们趁着月窄星稀，来到了怒江边，把载着希望和无尽怀念的河灯一支一支点亮，放入江中，顺水而下。

从上游怒吼而来，在此却异常轻缓的怒江水，寻灯而去。孩子们窸窣的轻声耳语，让黑夜更显静谧。

“快看，快看，那边好像有萤火虫！”一个男孩不经意的发现，打破了宁静。大家不约而同地朝男孩所指的方向仔细望过去，不远处悠然自得的虫鸣声似乎也被这突来的关注惊扰，戛然而止。

其中两个调皮的小家伙已经抢先向目标靠近。

这时，另一个男孩忽然大喊：“喂！别去抓！你们忘了吗？褚老师跟我们讲过，萤火虫是大自然的宝贝，我们要保护它们！”

说话的正是当年曾与褚老师一起在雾里村的小溪边发现萤火虫的腊扒时。那两个孩子被制止声定住，没敢再往前一步，萤火虫却早惊得漫天飞舞。

这一幕，让在场的所有人都呆住了，好似他们的心也都随着那点点荧光飞入夜空，久久徘徊，恍若梦境。

不知为何，越来越多的萤火虫跟着从江边的草丛里飞起，星星点点地旋舞在半空，久久不肯飞落；孩子们瞪大眼睛抬头望着它们，恍惚间仿佛都看到，那些萤火虫在空中汇聚成一个人微笑的模样，是他们最熟悉的，雏菊般的笑容！

此时此刻，没有人再出声，可心底似乎在不约而同地默默念着：褚老师，褚老师！

后　记

公益的脊髓

那森／文

我曾经问过很多人一个简单的问题——公益有“价值”么？

大家的答案各不相同，甚至大相径庭。

那么，读完故事的你会如何回答？

脑子里首先闪现的会不会是“无价”、“伟大”、“高尚”……诸如此类带有理想光环的词汇？

现在，我很郑重地表达出自己的观点。其实，公益没有价值！因为它不是商品，也没有市场参考值。它属于不能用“价值”衡量的范畴。

公益不是单纯的捐赠，更不是有钱人提升社会影响力的手段；公益不可以拿物质作为前提，也不能用施舍来转嫁它存在于社会的真正意义。

如果一个人能付出身心，花去毕生的时间，去做一件有益社会的事，那么，她为公益事业所做出的贡献不亚于任何一家瑞士银行。

然而，现实世界的很多人在参与公益的时候，往往处于一种自我奉献或者付出的需要，然后才是通过那些过程以及行为结果起到对外界的良好作用。我们必须无奈地承认一个事实，大部分人仍然在误读公益。

没有多少人能把务实的操作性探讨在公益领域实现。

本书通篇都在向读者传达、描写公益究竟该怎么行动。故事里的女主人公多年以来默默坚守，并没有什么轰轰烈烈的大事件，但她每天的点滴付出却汇成了滔滔的怒江之水，影响了那么多少数民族孩子的纯真心灵；而作者本人即男主人公的原型，更是因为她看似平凡却深藏大爱的高尚灵魂，而深深地爱上了她，并跟随她的脚步慢慢成长为一个真正的公益践行者。

算起来，从黄哲第一次到达故事的发生地——云南省怒江州的丙中洛，到今天已经足有六年时间了。他内心的这个故事，抑或说是这段心路历程，前前后后也跟我提过很多次，倾诉了很多次，描绘了很多次。每回都有他更深一步的理解和诠释；后来，他又多次往返丙中洛，直到我们共同酝酿的这本书完稿，他竟然提出了移居云南的想法。

我当时听到这个消息时，万分怀疑。因为感觉他要那样做需要放弃的东西太多：年薪可观的工作，毫无经济压力的房子车子，习惯了的城市生活，如鱼得水的社会资源等等。后来，我想，每个人选择的生活状态完全取决于他的精神境界，在经历了那么多之后，他应该可以毫不犹豫地去做自己想做的事，那些所谓的虚哗繁荣又算得了什么呢？

再说公益本身，这些年社会上的一些人给公益蒙了尘，这让许多热心的公益人士开始反思。正如近期很多人在朋友圈转发传播的一篇公益文章里所说的那样：孩子们需要的不是带着优越感而来的匆匆过客；或许，你的付出与捐助，在短暂的时间里，让他们看到了希望，得到了些许温暖，可过后呢？他们心底留下的又是什么？是刚刚建立起那一点信任及情感的破灭，是心灵上的落差，是断断续续的干扰，是很多预想不到的无奈……

在完成《丙中洛的眼泪》的书稿创作之后，也就是2014年7月，黄哲又回了一趟丙中洛地区，再次走访了那里的雾里村、四季桶村、秋那桶村……他欣喜地发现，曾经的一些独立自发的公益支教小学以及志愿者都已经在当地政府基础教育政策的扶持下，统筹在一起；整个怒江州地区的少数民族孩子上小学的问题也基本在政府管理的公益项目中得到了妥善安排。或许只有亲历者才深知，过去这里的公益基础教育推进工作是何等艰难。

从丙中洛回来后，他对公益事业又产生了许多新想法，也希望把更多深层的思考跟大家一起分享。此次途中，他遇到的另一位关注自然资源保护的志愿者跟他一样，都认识到一个很迫切的现实问题，公益项目、公益组织，能不断注入新的思路固然重要，但有效地传递、践行和实现才是目的。

现今，中国的公益领域一面受新想法的鼓舞，另一面也在受负能量的考验。要真正促进公益的发展，我们还是应该从理想转向“如何去做”，就像故事里褚遥这样的先行者，需要一份信守精神，需要更多践行者全身心投入，更需要机构、组织对于每一个公益项目的系统科学化的梳理。很显然，这些仅靠捐赠是远远不够的。

这个世界需要更多人深入到公益的柔软脊髓，像褚遥一样，像韩逍一样，身体力行，付出精神的力量，带着跟所有人平等的心，一起前行。